新訳

願えば、かなう エイブラハムの教え

Ask and It Is Given

引き寄せパワーを高める22の実践

Learning to Manifest Your Desires
The Teachings of Abraham®

エスター・ヒックス＋ジェリー・ヒックス
秋川一穂［訳］

ダイヤモンド社

Ask and It Is Given
by
Esther and Jerry Hicks

Original English language publication 2004 by Hay House, Inc., California, USA
Japanese translation published by arrangement with Hay House, Inc. c/o InterLicense, Ltd. through The English Agency (Japan) Ltd.

Tune into Hay House broadcasting at: www.hayhouseradio.com

本書は2007年2月にＰＨＰ研究所より刊行された
『運命が好転する　実践スピリチュアル・トレーニング』を改訳・改題した
新訳・新装改訂版です。

悟りと幸福を求めるすべての人に本書を捧げる。この本は彼らからの質問に答えている。

そして私たちの3人の子どもたちに本書を捧げる。

ローレル（5歳）、ケビン（3歳）、ケイト（2歳）は本書の教えのお手本だ。

子どもというものは大事なことをまだ忘れていないので、それについて質問することもない。

そして本書をほかでもないルイーズ・ヘイに捧げる。

彼女は質問して学ぶことを望み、〝無上の幸福〟の原理をこの世に広めたいと願い、
エイブラハムの教えをまとめた本を書くように勧めてくれた。

序

『思い通りに生きる人の引き寄せの法則』の著者
ウエイン・W・ダイアー博士

本書には、現在この世でもっとも力のある教えが収められている。エイブラハムがここで伝え、またエスターとジェリーが18年にわたって提供してきたテープに収録されたメッセージに、私は深く心を動かされた。そして本書の序文を書くようエイブラハムに依頼されたことを光栄に思う。本書は出版界における画期的事件だ。これまでに例のない独自の書物である。〝ソースエネルギー〟と常につながっている〝スピリット〟の考えに触れることができて読者は幸運だ。しかもこの〝スピリット〟の代弁者は、私たち人間にわかる言葉で伝えてくれるので、学んだことをすぐに実践できる。この本は自分の運命を理解し、その運命を生きるための青写真に相当する。

本書を読んで、その偉大な智恵を活用する準備がまだできていないなら、しばらくただ持ち歩いてみてはどうだろうか。あなたの心と身体が抵抗するなら、その抵抗にこの本のエネルギーを染み渡らせ、形も境界もない内なる場所と共鳴させなさい――そこは「たましい」と呼ばれることもあるが、エイブラハムはそこを「ソース（源）と波動でつながる場所」と呼ぶ。

ここは波動の宇宙である。かつてアインシュタインが観察したように、「何かが動かないうちは何も起こらない」。すなわち、すべては測定可能な特定の周波数に応じて振動する。固体の世界を崩して細かい成分に分ければ、かたまりに見えていたものが踊り出す――粒子のダンスと何もない空間が現れる。最小の量子レベルの粒子まで分化すれば、そのダンスは始まりと終わりのある世界を超えた、高速で振動するソースから発しているのがわかる。

この最高にして最速のエネルギーが〝ソースエネルギー〟と呼ばれるものだ。人も物も何もかもがこの波動から生じ、物や身体や心やエゴの世界へと場所を移す。私たちが問題や病気や不足や恐れに悩むのは、心と身体がこの〝ソースエネルギー〟から離れたせいだ。

エイブラハムの教えは基本的に、あらゆる点であなたをこの〝ソース〟に戻すことに焦点を定めている。すべてはそこから発生し、そこに戻るのだ。この〝ソースエネルギー〟は私が自著『思い通りに生きる人の引き寄せの法則』（ダイヤモンド社）で触れた内容に近い。そしてエイブラハムは、〝ソース〟と完全につながり、そのつながりをみじんも疑わず、人を教え導くこの智恵をあなたに示している。エイブラハムに何の疑いもない証拠はこの本の随所に見られる。だからこそ私は、本書を出版界における画期的事件と呼ぶのだ。あなたは、あなたの幸福だけを願う、率直で真摯な存在のグループと直接つながっている。彼らは、あなたが幸福の〝ソース〟から来たことを思い出させ、またあなたは高い波動のエネルギーを自分に招き寄せ、邪魔されることなく人生にくまなくそのエネルギーを流すことを許可するか、あるいは抵抗して、ひたすら与え愛してくれる存在とのつながりを断たれた状態に留まるかのいずれかを選べる立場にある、ということを思い出させてくれる。

ここで伝えられるメッセージは驚くことばかりで、しかもシンプルである。あなたは愛と幸福の〝ソース〟からやって来たのだ。その平和と愛のエネルギーと一致したとき、あなたは〝ソース〟の力を取り戻す。それは願望を実現し、幸福を招き、それまで不足していた場所に豊かさを引き寄せ、ふさわしい人や的確な状況という形で神の導きに手を伸ばす力である。これがあなたの〝ソース〟が成すことである。あなたもその〝ソース〟から生まれた以上は同じことができるし、またそうするだろう。

私はエイブラハムと丸一日を過ごし、エスターとジェリーと食事をし、エイブラハムの膨大な数の録音を聞いているが、あなたもこれから、私がこれまで出会った人の中でもっとも信頼に値し、純粋なたましいを持つ二人が用意した、人生を変える旅に出る。私がこの序文を書きながら感じているのに負けない畏怖の念を、ジェリーとエスターもこれらの教えを届けるという役割を担うにあたって感じているはずだ。

本書をよく読み、ただちに使ってみるといいだろう。そこには私が長年示してきた見解が要約されている。

「物事の見方を変えれば、見えるものが変わる」

あなたはまったく新しい世界が目の前に広がるのを目撃し、経験するだろう。それは〝ソースエネルギー〟が創造した世界であり、〝ソースエネルギー〟はあなたがつながりを取り戻し、幸せで楽しい人生を生きてほしいと願っている。

エイブラハム、この貴重な本に一筆書き添える機会を与えてくださってありがとう。

あなたがたすべてを愛している。

はじめに

ジェリー・ヒックス

マリブの海岸に朝日が差し始める頃、私はこの「はじめに」を書き始めた。朝のこの時間に太平洋が見せる藍色の深さは、このあと本書で明かされる秘密からあなたが受け取る価値の大きさを思って私が味わう喜びの深さに等しい。

本書（訳注：原題は「Ask and It Is Given」であり、新約聖書のマタイの福音書にある言葉。聖書の定訳は「求めよ、さらば与えられん」）」は、私たちの「求め（質問）」に対して〝大いなるすべて〟が与えてくれた答えをまとめたものだ。同時に、求めるものが与えられる仕組みを記している。また、私たちがなりたいもの、したいこと、手に入れたいものをどう求め、どう受け取ればいいかについての具体的な方法をわかりやすい言葉で教えた初めての本でもある。

何十年も前、私は先の聖書の言葉の〝It（それ）〟が何を意味するのかを知りたい思いにかられ、妥当な答えを探していて〝ineffable〟（「言葉にできない」の意）という単語を見つけた。この単語は〝それ〟に関して私が導き出した1つの結論と一致した。私たちが〝見えない（非物質）〟存在のことを知れば知るほど、〝それ〟を明確に表現する言葉は減っていく。従って、完全に悟った状態も言葉にできないと言えるだろう。要するに私たちの時空間のこの地点で〝見えないもの〟を言葉で明確に表現することは不可能だ。

物質世界が始まって以来、私たちは数限りない哲学、宗教、見解、信条の積み重ねを経て進化し、その結果、新たな哲学、宗教、見解、信条を生み出してきた。しかし、無数の思想家が考え、結論を導き出し、信条を次世代へと引き継いでも、私たちは、少なくとも私たちが納得する言葉では〝見えない世界（非物質世界）の事柄〟を描写する言葉を見つけてはいない。

〝見えない世界の知性〟と意思を通じた数多くの〝存在〟のうちのほんの一部が歴史に名を残している。尊敬を集めた者もあれば、非難を受けた者もある。しかしながら、〝見えない世界〟との個人的なやりとりを意識してきた人の大半は、非難されたり、監禁されたりすることを恐れて、明かされたことを語らなかった。

モーセ、イエス、ムハンマド、ジャンヌ・ダルク……はいずれも〝見えない世界の知性〟の情報を受け取ったことを明らかにし、大方は早すぎる非業の死を遂げた。そんなわけで誰もが何らかの形で〝見えない世界〟の導きを直接受け取っていながら、言葉で表現できるほどわかりやすい思考の形で受け取っている者はごく少数であり、その経験を進んで明かしている者の数はさらに少ない。

私の妻エスター・ヒックスは、思うままに意識をゆるめて質問に対する〝見えない世界〟からの答えを受け取れる、希有な人物の一人である。エスターは思考（言葉ではなく）を受け取って、即座にできるだけそれに近い言葉に翻訳する。

エスターが受け取る思考をもれなく表現する言葉がいつも見つかるとは限らない。そのため、彼女はこれまでにない単語の組み合わせを考案したり、標準的な単語の新たな使い道を見つけたりしている。well-beingという一般的な言葉は幸せ、健康、あるいは繁栄の状態を意味する。しかし、エイブラハムの卓越した哲学の基礎は大文字で始まるWell-Beingという言葉に翻訳される。これは途中で摘み取るようなまねさえしなければ誰にでも自然に流れてくる、広大な〝宇宙〟の〝無上の幸福〟を指す。

1986年、エスターと私は1年かけて約50の都市でセミナーを開いた。参加者には何でも好きなことを議論し、質問してもらった。人種も階層も思想背景もさまざまな人が多数参加してくれたが、全員が自分で、あるいは人を助けることで間接的に、人生をよくしたいと願っていた。そして、よりよい人生を求める大勢の人に答えが与えられた。エスターを通じて〝見えない世界の知性〟から、である。こうして、もっと知りたいと願う人々の求めに応じて、この〝無上の幸福〟の哲学が本書にまとめられた。

これらの教えの核心には、最強の〝宇宙の法則〟である〝引き寄せの法則〟がある。この10年、私たちは『The Science of Deliberate Creation（意図的な創造の科学）』という季刊誌でエイブラハムの教えの多くを公開してきており、私たちが主宰するワークショップで参加者から受けた質問の中から最新の見解を選んで収録している。従って、この哲学は新しい質問や見解が示されるたびに絶えず進化している。

本書は、あなたが満たされた存在になり、満足できることをし、満足できる物を手に入れるにはどうすればいいかを教える。また、あなたが満たされない存在にならず、満足できないことをせず、満足できない物を所有しないための方法も教える。

願えば、かなうエイブラハムの教え／目次

I あなたは忘れたかもしれないが、思い出してほしいこと

Ⅱ 思考を現実化する22の実践

願えば、かなうエイブラハムの教え

エイブラハムとの出会い

エスター・ヒックス

「その女性はスピリットと話せるの！」と私たちの友人は言った。「来週、彼女がこの街に来るから、予約を入れれば好きなことを聞けるわよ！」

そんなことしたくもない、と思っていたら、「予約を入れたいんだが。どうすればいい？」という夫の声がした。

あれは1984年のこと。ジェリーと私は結婚して4年というもの一度もけんかをしたことがなく、不機嫌な会話さえなかった。いつも楽しく幸せで、意見が食い違うことはめったになかった。

不愉快な思い出というと、ジェリーが20年も前のウィジャボード（西洋版こっくりさん）での経験を話して友人を楽しませようとしたときのことくらいだろう。レストランや人が集まる場所でその話が出そうになるたびに、私は丁重に断って席を外し、その話が終わるまで近くで時間を潰した。幸い、ジェリーはやがて私がいるときにはその話をしなくなった。

「その人の名前はシェイラよ」と友人が言った。「予約を入れたら知らせるわね」

ジェリーはそれからの数日で質問を書き出した。子どもの頃から聞きたかったことがあるんだと言った。私は本当に行くのかしら、とまだ思っていた。

アリゾナ州フェニックスの街の中心にあるしゃれた一軒家の私道に車を入れながら、「私はこれからどうなるのだろう」と考えていた。夫と玄関に向かうと、感じのいい女性が出迎えてくれて、すてきな居間に通され、そこで順番を待った。

その家は広くてしんと静かで、教会にいるような敬虔な気持ちが湧いた。

大きなドアが開いて、鮮やかな色の木綿の服を着た美しい女性が二人、居間に入ってきた。女性たちは幸せそうに生き生きしていて、それを見て少し緊張がほぐれた。たぶんそれほどおかしなことは起こらないだろう。

まもなく気持ちのいい寝室に通された。ベッドの足元に椅子が3脚並んでいる。シェイラはベッドの端に、アシスタントは椅子に座り、かたわらのテーブルには小型のテープレコーダーが置いてあった。ジェリーと私は空いている椅子に腰かけ、私はこれから起こることに身構えた。

　アシスタントの説明によれば、シェイラがリラックスして意識を解き放つと〝見えない世界〟の存在であるテオが語りかける。そのあとは何でも好きなことを話していいと言う。シェイラは私たちから1メートルほど離れて、ベッドの端に身体を横たえて深呼吸した。やがて独特な声が唐突に言った。

「さあ始めましょう。聞きたいことはありますか?」

　私はジェリーの顔を見た。ジェリーが最初の質問をしようと身を乗り出した。

　シェイラの口からテオの言葉がゆっくり流れてくると、私の緊張は解けた。聞こえるのはシェイラの声だが、彼女とは違う何かから驚くべき答えが返ってくることもわかった。

　ジェリーは5歳のときから質問を温めてきたと話し、矢継ぎ早に尋ねた。30分はあっという間に終わったが、その間、私は一言も発しなかった。この不思議な経験に対する恐れは消え、私はこれまで味わったことのない幸福感に包まれた。

　車に戻ると夫に言った。

「明日もここに来たいわ。今になって聞いてみたいことを思いついたの」

　ジェリーも聞きたいことがまだあって、喜んで2度目の予約を入れてくれた。

　翌日、私たちの持ち時間が半分過ぎた頃、ジェリーは残り時間をしぶしぶ私に譲ってくれたので、テオに聞いてみた。

「もっと効率よく目標を達成するにはどうすればいいでしょう?」

「瞑想とアファメーション」という答えが返ってきた。

瞑想にはまったく魅力を感じなかったし、やっている人も知らなかった。

「どういうことですか?」

答えは短く、それを聞いて気が楽になった。

「静かな部屋で座りなさい。楽な服を着て、呼吸に意識を向けなさい。意識はさまようでしょうが、そのときはその思考を手放して呼吸に集中するのです。あなたがたは一緒に瞑想するといいでしょう。効果が高まるはずです」

「私たちの役に立つアファメーションを教えていただけませんか?」

「私［自分の名前を言う］には私のやり方で悟りを求める〝存在〟が見え、聖なる愛を通じてその〝存在〟を引き寄せます。そのように共有することが、今この瞬間に私たち二人を高めてくれます」

テオの言葉が流れてきて、私という存在の奥深くに染み込むのを感じた。それまで味わったことのない愛の感覚が湧き出てきて、私の中を通過した。恐れは消え、ジェリーも私も素晴らしい気分だった。

「娘を連れてきて、会っていただいたほうがいいですか？」と私は聞いてみた。

「本人が希望するなら。でもその必要はありません。あなたがた（ジェリーとエスター）もチャネラーだからです」

私には意味がわからなかった。仮にそれが本当だとしても、この年になるまで（当時の私は30代だった）そんなことに気づかずにいるなんて信じられなかった。

テープレコーダーが止まり、二人ともこの素晴らしい体験が終わったことが少し残念だった。アシスタントが最後に聞きたいことはないかと言った。

「あなたのスピリチュアルガイドの名前を知りたくないですか？」

自分ではとうてい思いつきそうにない質問だった。〝スピリチュアルガイド〟という言葉を聞くのは初めてだった。とはいえ、いい質問だと思った。守護天使がいても悪くない。

「ええ、お願いします」

すると、テオは言った。

「あなたに直接教えるそうです。あなたはクレアオーディエント（透聴）を経験するようになり、そうすればわかるでしょう」

「クレアオーディエント」って何だろう、と思ったが、聞き返せないうちにテオが話を締めるように「神の愛が注がれますように！」と言い、シェイラは目を開け、身体を起こした。テオとの奇妙な会話は終わった。

ジェリーと私はその家を出ると、山中の見晴らしのいい場所に車を走らせ、車体にもたれて夕日を眺めた。その日、私たちの中で起きた変化が何なのか、見当がつかなかった。ただ二人とも気分は最高だった。

家に帰ると、私は強く決意した。よくわからないが、とにかく瞑想をして、私のスピリチュアルガイドの名前を見つけることにしたのだ。

私たちはガウンに着替え、部屋のカーテンを引いて、2脚の大きい椅子に座り、間に飾り棚を置いた。一緒に瞑想するように言われたものの違和感があり、ぎこちなさを隠すのに棚が役に立った。

私はテオの指示を思い出した。

「静かな部屋に座りなさい。楽な服を着て、呼吸に意識を向けなさい」

そこでタイマーを15分にセットして目を閉じ、呼吸を意識した。そして声に出さずに聞いてみた。

「私のスピリチュアルガイドは誰ですか？」

それから呼吸を数えた。すぐに全身の感覚がぼやけ、鼻とつま先の区別がつかなくなった。奇妙なのに心地よくて、私はその感覚を楽しんだ。椅子に座っているのに、身体がゆっくりと回転しているみたいだった。タイマーの音で二人とも我に返った。私は「もう一度やりましょうよ」と言っていた。

目を閉じて呼吸を数えると、頭からつま先まで感覚が消えた。そして、またしてもタイマーの音に驚かされた。

「もう一度やるわ」と私は言った。

再度タイマーを15分にセットして、全身の感覚が消えるのを感じた。しかし、このときは何か、それとも誰かが「私の身体を吸い込もう」としていた。それは陶然とした愛が身体の奥からあふれ出すような感覚だった。

瞑想から覚めると、歯がガチガチと音を立て始めた。緊張が解けていつもの意識に戻るまで1時間近く歯は鳴りやまなかった。

そのときはわからなかったが、それはエイブラハムとの最初の交信だった。わけはわからないなりに実に素晴らしい体験で、もう一度、同じことが起きてほしいと思った。

その後、ジェリーと私は毎日15分ずつ瞑想するようになった。その日から9カ月間、一日も休まなかった。毎回、身体の感覚が消え、超然とした感覚を味わったが、特別なことは何も起こらなかった。

そして１９８５年の感謝祭が近づいたある日、瞑想中に私の頭が左右にそっと揺れ始めた。それから2日ほど、瞑想するたびに流れるような優しい動きで頭が動いた。3日目くらいに頭の動きはでたらめではなく、鼻の頭で宙に文字を書いているらしいと気がついた。「ジェリー、鼻が字を書いてるわ！」と私は叫んでいた。と同時に、あの陶然とした感覚が戻ってきた。

ジェリーは急いでノートを見つけて、私の鼻がつづる文字を書き留めた。

「私はエイブラハム。あなたのスピリチュアルガイドです」

のちにエイブラハムは、ここには「彼ら」とともに大勢が集《つど》っていると説明した。彼らは自分たちのことを複数形で語る。最初に「私はエイブラハム」という言葉が私を通して語られたのは、私がスピリチュアルガイドは単体だと期待していたからだそうだ。ところがそこには多くの意識が集まっていて、単独の声で、すなわち総意として、波動で「話す」。

「エイブラハムは、あなたがたが個々の身体で感じているような単一の意識体ではありません。〝集合意識〟です。〝見えない世界の意識の流れ〟があり、質問を受けると、いくつもの意識のポイントが、1つの視点のようなものへと集まります（この場合はエスターという一人の人間がそれを解釈して言葉にしているから）。それで単一の意識のように感じられるのです。私たちは多次元的、多面的であり、多数の意識で成り立っています」

その後の説明によれば、私が人に伝えている言葉を、彼らは私の耳元でささやいているのではなく、ラジオの電波のように思考のかたまりを放っていて、私はそれを無意識のレベルで受け取っているそうだ。私はその思考のかたまりを言葉にして語る。私は私を通して話される言葉を「聞いている」が、翻訳している最中にどういう思考を受け取っているかは意識していない。すでに受け取った思考を思い出すときも同様である。

エイブラハムはずいぶん前からこのような思考のかたまりを私に示していたそうだが、私はテオの指示を忠実に守ろうとして（「意識はさまようでしょうが、そのときはその思考を手放して呼吸に集中するのです」）思考が浮かぶたびに、さっさと手放して呼吸に意識を戻そうとしていた。私に気づかせるには鼻で文字をつづるしかなかったのだろう。私が言葉をつづっていると気づいたときに感じた、体内をさざなみのように走る心地いい感覚は、双方の意識がつながったことで彼らが感じた喜びだったのだと、エイブラハムは説明した。

私たちの意思疎通はその後の数週間でみるみる上達した。鼻で文字を書くのには時間がかかったが、ジェリーは情報をやりとりするためのわかりやすいこの方法に感激して、夜中にたびたび私を起こしてはエイブラハムに質問するようになった。

ところがある晩、私の両腕、両手、指に強い感覚が走り、ベッドで隣に寝転んでテレビを見ていたジェリーの胸を手でたたき始めた。そのとき私はタイプライターのある部屋に向かわずにはいられなかった。キーボードに指を置くと、両手が素早くキーを探り、タイプし始めた。文字や数字を繰り返し打った。その後、紙に単語が現れた。

「私はエイブラハム。あなたのスピリチュアルガイドです。あなたと仕事をするためにここにいます。あなたを愛しています。これから一緒に本を書きましょう」

私がリラックスして両手をキーボードに置くと、エイブラハム（ここからは場合により「彼ら」と呼ぶ）は、ジェリーが尋ねるどんな質問にも答えてくれた。彼らは知的で愛情豊かで、いつでも相手をしてくれた。昼夜を問わずいつもそこにいて、どんな話題にもつきあってくれた。

そしてある午後、高速道路を走っている途中で、私はあくびが出そうな感覚を口と顎と首に感じた。私たちは左右を2台の大型トラックに挟まれてカーブを曲がっているところで、どちらのトラックも同時に車線をはみ出してこちらに迫ってきていて、押し潰されるのではと思った。その瞬間、エイブラハムが初めて私の口を通して言葉を発した。

「次の出口で降りなさい！」

私たちは高速を降りて高架下に車を停めた。そこでジェリーとエイブラハムの会話は何時間も続いた。途切れることのない質問にエイブラハムが答える間、私はきつく目を閉じたまま、頭は一定のリズムで上下に揺れていた。

このようなことがどうして私の身に起きたのだろう？　本当に起きたことだとはいまだに信じられない。まるで童話のような出来事だ。だがときに、何よりも自然で理にかなった経験だと思うこともある。

エイブラハムが訪れる前の私たちの人生がどうだったのか、ときにほとんど思い出せなくなる。いくつかの例外を除いて、私は人に幸せだと思われるであろう人生を送ってきた。たいしてつらい経験もせずに少女時代を過ごし、二人の姉妹とともに優しく愛情深い両親に育てられた。すでに話したとおり、ジェリーとは4年ほど前から幸せな結婚生活を送っていて、あらゆる意味で幸福だ。自分が未解決の疑問をいくつも抱えているとは考えもしなかった。実際、私は人にやたらと質問するタイプではなかったし、何であれ強く主張することもなかった。

一方、ジェリーには疑問がたくさんあり、答えを知りたがっていた。夫は読書家で、人がもっと幸せな人生を送るのに役立ちそうなことを常に探していた。彼ほど他人のために力になろうとする人を私は知らない。

エイブラハムは、この仕事に共同で取り組むのにジェリーと私がまたとない組み合わせである理由について、こう教えてくれた。ジェリーの強い願望がエイブラハムを呼び出した一方で、私には意見もなく、不安もなく、ジェリーが呼び出す情報の受け手としてうってつけだったのだと。

ジェリーは最初の交信から熱心だった。彼らの知恵の深さや情報のわかりやすさを理解していたからだ。今日に至るまでエイブラハムのメッセージに対するジェリーの熱意は少しも衰えていない。ジェリーは会場にいる誰よりもエイブラハムの話を楽しんでいた。

交信が始まった頃は何が起きているのかよくわからず、ジェリーが話している相手が誰なのかを知るすべもなかった。とはいえ、それは心躍る素晴らしい体験だった。同時に奇妙な体験でもあった。不思議すぎて、大方の知人は理解してくれないだろうと確信していた。だからこのことについては誰にも話さないとジェリーに約束させた。

今ではジェリーがその約束を守らなかったのは明らかだが、それでよかったと思う。エイブラハムと話したがっている人が大勢集まる場で過ごすことの他に、私たちにやりたい仕事はない。私たちの著書、ビデオ、オーディオシリーズ、セミナーあるいはウェブサイトを通じてエイブラハムと出会った人々からよく言われるのは、「ずっと知っていたことを思い出させてくれてありがとう」「おかげで私がこれまでに見つけた真実の断片を全部つなぎ合わせることができました。あらゆることの意味が理解できるようになりました！」といった言葉だ。

私たちにどんな未来が待ち受けているのか、エイブラハムにはわかっているのだろうが、占い師のように未来を予言することには興味がなさそうだ。その代わりに彼らは教師として、今いる場所から行きたい場所へと私たちを導いてくれる。

「エイブラハムは何かに向かうように、あるいは何かから離れるように人を導くことはしません。望むものは自分で決めてください。望みをかなえる方法は自分で見つけてほしいのです」

エイブラハムを語る言葉で私が好きなものがある。10代の若者たちからの質問にエイブラハムが答える様子を録音したテープを聞いたという少年の感想である。

「最初は、エスターがエイブラハムを代弁しているとは信じられませんでした。でも、質問の答えを聞いて、これは本物だとわかりました。なぜなら、答えに1つも批判する言葉がなかったからです。これほど智恵があり、これほど公正で、批判をしない人など他にいないでしょう」

このエイブラハムとの旅は、言葉にできないくらい素晴らしい。私は彼らから学んだことを通じて達成した、〝無上の幸福〟の感覚を大切にしている。彼らの優しい導きによって自分には力が与えられていると常に感じられるのがうれしい。多くの親しい友人の人生が、エイブラハムの教えによってよくなっていくのを目にするのがうれしい。この愛すべき素晴らしい〝存在〟が、求めれば私の頭の中にやって来て、私たちが理解できるように進んで助けてくれるのがうれしい。

エイブラハムと仕事をするようになって間もない頃、聴衆は私たちの関係について説明を求めた。

「あなたがたはどのように出会ったのですか？　どうやって関係を続けているのですか？なぜあなたがたが選ばれたのですか？　このような深遠な知恵を語るのはどんな気分ですか？」

そこで、ジェリーと私は講演会、あるいはラジオやテレビの番組でインタビューされるたびに、最初の数分を使ってできるだけその質問に答えてきた。しかしながら持ち時間が削られることには常にもどかしさを感じていた。私はただリラックスして、エイブラハムの〝意識〟が流れ出すにまかせ、そもそも私たちがそこにいる本来の目的を果たしたかったのだ。

結局、私たちは「エイブラハムの紹介」という無料の音源を作成することにした。この中で私たちの交流がどのように始まり、どのように進展してきたかを詳しく説明している。私たちはエイブラハムを紹介する音声を人に聞いてもらい、活用してもらえる形にまとめる作業を大いに楽しんでいるが、私たちにとって何より大事なのはエイブラハムの言葉だと常に思っている。

今朝、エイブラハムに言われた。

「エスター、私たちはあなたの惑星に住む人々の意識が発している質問に気づいているので、これからあなたを通じて喜んで答えを提供します。気を楽にして、この本が展開していく様子を楽しんでください」

なので私は気を楽にして、エイブラハムにただちに本書を書き始めてもらおう。彼らは彼らの見方で、自分たちが何者かを説明してくれるだろう。しかし、もっと重要なことがある。彼らはあなたが何者なのかを理解できるように助けてくれるだろう。エイブラハムとの出会いが私たちにとって意味を持ち続けているように、あなたにとってもこの出会いが意味を持ち続けることを願っている。

I

あなたは忘れたかもしれないが、思い出してほしいこと

第1章　今この瞬間を「いい気分」で過ごすパワー

私たちはエイブラハムと呼ばれており、〝見えない（非物質）〟次元から話しかけています。もちろん、あなたも〝見えない〟次元から来ていて、私たちとあまり違いません。あなたが住む物質世界は〝見えない〟世界を投影したところから現れました。**あなたも物質世界もともに〝ソースエネルギー〟の延長なのです。**

この〝見えない〟領域では言葉を使いません。必要ないからです。言語の代わりに波動を使います。この世界の共同体、すなわちファミリーは意識の集合体です。要するに私たちは波動を放つ存在であり、よく似た意識を持つ者同士が集まっているのです。これは物質世界でも同じですが、多くの人はそのことを忘れています。

エイブラハムとは、万事をとり仕切る〝宇宙の法則〟をあなたに思い出させるという目的を持って自然に集まった〝見えない存在〟のファミリーです。あなたは〝ソースエネルギー〟の延長であり、祝福され愛されている〝存在〟であり、楽しく創造するためにこの物質世界にやって来た、ということを思い出してほしいのです。

物質世界に姿を現した者は誰であれ〝見えない〟世界に相棒がいます。また、誰でも〝見えない〟世界の広い視野で物を見ることができます。しかし、物質世界の大方の〝存在〟は物質に基づく地球の性質にとらわれていて、〝ソース〟とのつながりをはばむ抵抗のパターンが生じています。私たちは〝ソース〟とのつながりを思い出したいと望む人々を助けます。

人間は〝見えない〟世界が発するわかりやすいメッセージを受け取れますが、たいていの人はそのことに気づいていません。また、気づいてはいても、いつもの思考が意識的に意思を通じるのを邪魔します。

ですが、たまにチャンネルが開いて、私たちの知識を受け取って翻訳できる人に向けて、波動で伝えることができます。これがエスターに起きていることです。私たちはラジオの電波のように波動によって知識を提供し、エスターはこの波動を受け取って言葉に翻訳しているのです。

どこであれ、あなたが今いる場所で満たされることが私たちの強い願いです。望む場所からあなたが遠く離れているとしたら、こんな話を聞いても奇妙に思うだけでしょう。ですが、**どんな状況にいても今この瞬間をいい気分で過ごすことのパワーを理解したときに、望みどおりの在《あ》り方、健康、経済的豊かさ、状況を達成する鍵が手に入ります。**

「今」という時間が持つ力への気づき

私たちは一度にあなたの意識のさまざまなレベルに向けて話しかけていますが、あなたは受け取る準備のできていることしか受け取れません。誰もが本書から同じ情報を受け取れるわけではないし、また、読むたびに違う情報を受け取ることもあるでしょう。この本が持つ力を理解した人は何度でも読み返すはずです。

本書は、あなたが本当は何者で、これからどういう存在になり、どういう存在であり続けるかを理解できるように助けます。その過程には決して終わりがないことを理解できるように、あなたと過去、そして未来との関係を理解できるように助けます。ですが、もっとも重要なこととして、**「今」という時間が持つ力に気づくように目覚めさせます。**

あなたが自分の経験の創造者であるとはどういうことか、あなたの力のすべてがなぜ「今」にあるのかを学びます。そして最終的に、〝感情による誘導システム〟と「波動の現在地点」を理解できるようにします。

また、本書ではあなたの〝見えない〟部分と再びつながり、どんな願望でも達成できるように助けるプロセスを紹介します。そしてこのプロセスを応用して、あなたが大いなる〝宇宙の法則〟を思い出せるように助けます——生きる喜びがよみがえるでしょう。

第2章 自分が何者なのかを思い出しなさい

あなたは自分が欲しいものがわかっていますか？　あなたは自分の経験の創造者だと知っていますか？　あなたの願望が変化していくことを楽しんでいますか？　この質問に「はい、私は願望が変化していくのを楽しんでいます。望みの多くがまだ実現していない場所にいるのはいい気分です」と答えられるとしたら、それは自分が何者で、この人生での経験がどういうものかを理解している人です。

しかし、たいていの人は願望が実現しないことが不服で、もっとお金が欲しいのに常に足りず、仕事に不満があるのにそこから抜け出すことも状況を改めることもできず、理想の関係を求めてもかなわず、体調や外見に不満がある、と言うはずです。そこであなたに伝えたい重要なことがあります。

本書を書いたのは、本当のあなたの中心で脈動するパワーのことや、あなたが必ず成功することを思い出してほしいからです。

私たちは期待と喜びに満ちた楽観的な場所にあなたが戻れるように助けたいし、あなたがなれないもの、できないこと、手に入れられないものなど何もないことを思い出してほしいのです。

あなたは「喜びに生きる!」と言った

「私は物質世界の時間と空間（時空間）に姿を現し、曇りのない冴えた目を持つ人となります。私は冴えた目で自分を見ることを学び、冴えた目を持つ人と見なされることを楽しみます」とあなたは言いました。

「私は周囲にあるものを観察します。観察することで優先すべきものが明らかになります。私は自分が優先するもの、自分の物の見方の重要性を知るでしょう。

そして、私は自分の見方が持つ影響力を常に感じるでしょう。なぜなら世界を創造する〝エネルギー〟は、私の判断、意思、すべての思考の中を流れるからです。私は自分の見方で世界の創造に取り組むからです」とあなたは言いました。

あなたは物質世界に誕生する前に、この身体に的を定めた〝ソースエネルギー〟だったことを知っており、あなたがなろうとしている肉体を持つ存在は、あなたが元いた場所から決して切り離せないことを知っていました。**あなたは〝ソースエネルギー〟と永遠につ**

ながっていることを理解していたのです。

あなたは「私はこの身体、そして今ここに専念します。ここでは私の本質である大いなる〝エネルギー〟を具体的な何かに集中させられます。そして、その狙い定めた具体的な対象に、前に進む力強い動きと喜びがあるのです」と言いました。

私たちはあなたの本当の姿を知っている

あなたはこの身体に宿りましたが、喜びに満ちた自分の強い本質を覚えており、また〝ソース〟とのつながりを見失うことはないとわかっています。

あなたが自分の強い本質を思い出し、関心を向ける対象を常に探し続ける自信と喜びに満ちたあなたの本当の姿に戻れるよう助けるために、私たちはここにいます。

私たちはあなたの本当の姿も、あなたがどこから来て何を望んでいるかも知っています。ですから、それを思い出させるのは簡単です。

たとえあなたが今いる場所を気に入らないとしても、私たちはあなたのいる場所を気に入っています。目的地までの旅がとても楽しいことを知っているからです。

私たちは、あなたが旅の途中で身につけてきた、喜びとパワーを邪魔する考え方を手放せるように助け、本当のあなたの中心で脈動している知識を再び活用できるように助けたいのです。

肩の力を抜いて、本当のあなたを再発見する気楽な旅を楽しんでください。本書を読み終える頃には、あなたは自分を知り、自分を愛し、自分の人生を楽しめるようになるでしょう。

第3章
現実はあなたが創造している

しばらく前に、私たちの友人であるジェリーとエスターは「あなたがたは現実の創造者である」という言葉を知りました（夫妻はジェーン・ロバーツのセスの本を見つけたのです）。二人にとって、それは心躍《おど》ると同時に悩ましい見通しでもありました。二人も自分の経験を思いどおりに創造したいと望んでいましたが、「創造する現実を自分で選んでもいいのか？　いいならどう選べばいいのか？」という基本的なことに悩んでいたのです。

人生の基本は無制限の自由である

あなたは生まれたときから、現実は自分で作るものだと知っていました。このことは、あなたの中では基本中の基本で、**創造の仕事を誰かに邪魔されそうになると、ただちに不調和を感じます。**あなたは自分の現実の創造者であると知って生まれてきて、そのように生きたいという願望が体内で力強く脈打っています。しかし、社会に溶《と》け込んでいくにつれて、どう生きるべきかについて他者が描くイメージをそのまま受け入れるようになります。

人からあれこれ指図されるのはうれしくないし、衝動のままに行動するなと諭《さと》されるのは面白くないでしょう。しかし、自分が実践してきたやり方のほうがより確実だ（従って優れている）と確信しているとおぼしき人々からの圧力で、あなたは自分で人生を切り拓《ひら》くという決意を次第に放棄するようになりました。自分にとって何がベストかを一人で探すより、人の意見に従うほうが楽だと思うことが少なくないからです。あなたを社会になじませようとする周囲のやり方に合わせようとして、またできるだけ面倒を避けようとして、あなたは自分を支える土台、すなわち創造的に生きる自由を知らぬ間に手放してきたのです。

とはいえ、あなたはその自由を簡単にあきらめたわけではなく、また本当に手放してしまうことはできません。なぜなら、自由はあなたの存在のもっとも基本的な信条としてそこにあるからです。

本書は、あなたが再び〝ソースエネルギー〟と同調する方法を教えます。あなたは冴えた目を持ち、善良で、強い、あなたの本当の姿に再び目覚めます。あなたには自分で選択する自由があり、これからもその自由を失うことはないという知識をよみがえらせるように本書が助けます。あなたの現実の創造を他人にまかせても満足は得られません。

あなたが永遠の力および〝宇宙の法則〟と再び調和し、**本当のあなたの〝ソース〟との調和を取り戻せば、物質世界の表現を超えた楽しい創造があなたを待ち受けています。**

あなたは創造の喜びを味わうために生きる永遠の存在

あなたはさまざまな理由で物質世界で生きることを選んだ、永遠の〝存在〟です。〝地球〟のこの時空間では、具体的に何かを創造するために的を絞ることができます。

あなたははっきりと的を絞り、創造する喜びを味わうために、今この身体に宿っている永遠の〝意識〟です。あなたが「あなた」と定めた物質世界の存在は、〝ソースエネルギー〟の延長上にある〝思考の先端〟にいて、同時にあなたの〝ソース〟である〝意識〟があなたの中を流れます。そしてこの瞬間に、あなたは自分を開放し、あなたを通じて〝ソース〟が表現されることを許可しています。

あなたは、あなたの〝存在〟の本質が体内を流れるのを許可することもあれば、許可しないこともあります。本書を読めば、あなたの本質が体内を流れるように、いつでも許可できるとわかります。また、あなたの本来の姿である〝ソース〟とのつながりを意識して許可することを学ぶとき、それが無条件の喜びとなることがわかります。思考の向きを選ぶことで、あなたは〝ソースエネルギー〟〝神〟、喜び、そしてあなたが善とみなすあらゆるものと常につながっていられるからです。

〝無上の幸福〟は宇宙の基本

〝無上の幸福〟はこの〝宇宙〟の基本、〝大いなるすべて〟の基本です。それはあなたへと流れてきます。あなたは流れるのを許可するだけでよいのです。

空気を吸ったり吐いたりするようにあなたは自分を開放し、リラックスして、あなたという〝存在〟へと〝無上の幸福〟を引き込めばよいのです。

本書では、あなたと〝無上の幸福の流れ〟との自然なつながりを意識して許可することについて解説します。あなたがこの身体にやって来る前に意図したとおりの人生の創造に取りかかれるように、本当のあなたの姿を思い出させます。あなたは〝思考の先端〟で、楽しく終わりのない共同創造（共に創造する）をすることで自由を表現しようと思っていました。どれだけの〝無上の幸福〟があなたに流れてきているかわかりますか？　状況や出来事を自分のためにどの程度調整できるかわかりますか？　あなたがどのくらい好かれているかわかりますか？　あなたの経験を完成させるために、地球の創造、〝宇宙〟の創造をいかに調和させているかわかりますか？

あなたという〝存在〟が祝福されていることを理解し、その証拠を探し始めてください。

私たちは、これからあなたがその証拠を見ようとするたびに、それを見せます。あなたに見せるために、恋人、お金、充実した経験、美しいもの、状況や出来事を用意します。この瞬間にあなたを満足させ、喜ばせ、楽しませるためだけに、素晴らしい創造の経験を用意します。

第4章 ここからそこへ、どう行けばいい?

物質世界の友人から「欲しいものを手に入れるのに、どうしてこれほど時間がかかるのか?」とよく聞かれます。

それは、求め方が足りないからではありません。

あなたがあまり利口でないからではありません。

あなたがそれに値しないからではありません。

運が悪いからではありません。

欲しいものをほかの人が先に手に入れたからではありません。

望むものをまだ手に入れていないとしたら、それは願望の波動と一致しない状態に自分を留めているからです。ほかに理由はありません。ですが、ここで立ちどまってそのことについて考えれば、もしくは感じれば、波動が一致していない箇所を特定できます。

ですから、あなたは今から、抵抗のある思考を1つずつ手放す必要があります。解放感が増せば、あなたは抵抗を手放し始めたということです。同様に、緊張、怒り、不満といった感情が強くなれば抵抗が増しています。

物質世界の物の見方が〝ソース〟とのつながりを妨害する

このことを理解するには、まず次の前提を理解しなければなりません。

〝無上の幸福〟は常に流れています。〝無上の幸福〟はあなたを求めているのです！〝無上の幸福〟はドアの外であなたを待っています。**口にはしていなくても、あなたがこれまでに望んだことはすべて波動で伝わっています。**〝ソース〟はそれを聞き届け、理解し、そして応えています。あなたはこれから1つずつ感覚を確かめながら前に進み、それを受け取ることを自分に許可するのです。

あなたは〝ソースエネルギー〟の延長部分です。〝思考の先端〟にいます。時間と空間は、あなたが今、目にしている形をなして姿を現すずっと前に、思考の力によって動き出しました。物質世界にあるものはすべて、あなたが〝ソース〟と呼ぶものによって〝見えない〟世界の考え方に基づいて創造されました。〝ソース〟があなたの世界を創造したように、**あなたは思考の力で、この〝先端〟の場所から自分の世界を創造し続けます。**

あなたは、あなたが〝ソース〟と呼ぶものと同一です。
あなたを〝ソース〟から切り離すことはできません。
〝ソース〟は、あなたから決して分離しません。
私たちはあなたのことを考えるとき、〝ソース〟のことを考えます。
私たちは〝ソース〟のことを考えるとき、あなたのことを考えます。
〝ソース〟は、あなたとの分離を招く思考におちいることは決してありません。

あなたは〝ソース〟との完全な分離につながるような思考はできませんが、〝ソース〟との自然なつながりを妨げる、波動の異なる思考にふけることはあります。そのような状況を「抵抗」と呼びます。

あなたと〝ソース〟とのつながりに対する抵抗、すなわち唯一の妨害は、物質世界の物の見方であなたからもたらされます。〝ソース〟はいつでも十分に利用でき、〝無上の幸福〟は絶えずあなたへと広がっていて、あなたはたいていこの〝無上の幸福〟を受け取ることを許可しますが、許可しないこともあります。

〝エネルギー〟の延長部分であるあなたは、古い思考を前に進め、比較することで結論を導き出して決意します。そして、あなたが願望と同調したら、世界を創造する〝見えない世界のエネルギー〟があなたの中を流れます。それは意欲、情熱、成功の喜びです。

あなたは〝見えない世界〟からあなたを創造しました。これからは物質世界から創造し続けます。〝大いなるすべて〟の流れが途切れないように、私たちの中に流れを送り込んでいる存在の豊かさを感じるために、私たちはみな、関心を向ける対象、私たちを魅了し続ける願望を持たなければなりません。その願望が永遠の存在を本当の意味で永続させるのです。

あなたの願望の重要性を軽く見てはいけません。地球の進化は、〝思考の先端〟にいるあなたが願望を調整し続ける行為にかかっているのです。あなたがいるこの場所にはさまざまなものが存在し、願望を見つけるのに最適です。その中心にいるあなたからは新しい願望の波動が絶えず放たれており、〝ソース〟はその願望に応えます。その瞬間に〝宇宙〟は成長します。

意図的な創造の科学の最高の形とは？

あなたの現実は、ほかの誰でもないあなたが創造しています。たとえそのことを理解できなくても、あなたは自分の現実を創造し続けています。ですが、自分の思考に気づいていて、意識して思考するとき、あなたは現実の意図的な創造者となります。それはこの身体に宿ると決めたときに自ら意図したことです。

願望も信念も思考にすぎません。「求めよ、さらば与えられる」のです。〝求める〟とは、関心を向け、欲し、望むことです。言葉は要りません。あなたの中で「望む」「あこがれる」「価値を認める」などと感じればいいのです。その願望がすべての引き寄せの始まりです。

あなたは成長、すなわち創造に飽きることはありません。なぜなら願望は次々と湧いてきて、途切れることがないからです。あなたが経験したいこと、所有したいもの、あるいは知りたいことはことごとく実現し、それとともに新たな見方がもたらされ、そこから次の願望が生まれます。「求める」行為が止まらないので、「答え」の流れが止まることもありません。こうして新しい視点が常にあなたのものになります。心ときめく新たな願望と物の見方が永遠に目の前に示されるのです。

あなたが存在しなくなることはないし、新しい願望は絶えずあなたの内に生まれ続け、〝ソース〟が願望に応えてくれなくなることもなく、ゆえにあなたは永遠に成長し続けるのです。その考えを受け入れれば、まだ実現していない願望があるとしても、この瞬間にあなたは気が楽になるでしょう。

あなたには今のまま、今手にしているもので幸せになってほしいし、同時にもっと多くを求めてほしいのです。それが創造にとって最善なのです。これから訪れるものを前にして、前向きに期待し、もどかしさも疑いもなく、自分は無価値だという思い込みによって望むものの受け取りが邪魔されることもありません。

これが〝意図的な創造の科学〟の最高の形です。

第5章 基本を理解すれば、すべてが解決する

あらゆるものの中を通る流れがあります。それは〝宇宙〟全体にあります。それは〝宇宙〟の基本であり、物質世界の基本です。この〝エネルギー〟に気づいている人もいますが、ほとんどの人は気づいていません。それでも、誰もがその影響を受けています。

あなたが自分の世界の基本を理解し始め、万物の基礎である〝ソースエネルギー〟についての気づきを受け入れるようになると、あなたの経験に関するあらゆることを理解できるようになるでしょう。周囲の人の経験も、もっと理解できるようになります。

基本法則を知れば、未来も過去も理解できる

世界を理解するための一貫した方法が手に入れば、一貫した結果が得られます。結果はあまりに一貫しているので、未来の経験を正確に予測できるようになり、過去の経験も理解できるようになります。

過去のことであれ未来のことであれ、自分は犠牲者だと感じることも、望まないものが人生に飛び込んでくるのを恐れることもなくなります。あなたは人生の創造を完全にコントロールできると、ようやく理解します。そして自分の創造性に関心を向けられるようになり、願望の実現を助けようとあらゆる物事が集結するのを目にして、純粋な喜びを味わうでしょう。誰もがその潜在力を備えています。そして、そのことに気づいている人もいます。

あなたの人生から生まれるであろう願望を明らかにすることも、その願望はどれも完全に実現できると知ることも、満足感を与えてくれるでしょう。

あなたは波動を翻訳して物質世界を理解している

あなたには〝ソースエネルギー〟との完全なつながりを自分が許可しているかどうかを感じる能力があります。要するに、気分がよければつながりを許可しており、気分が悪ければつながりを許可していません。気分がよくないのは、〝ソース〟とつながることに抵抗しているからです。

あなたは血、肉、骨といった肉体を持っていても〝波動の存在〟であり、物質世界で経

験することはすべて波動を放っています。そして、あなたは波動を翻訳する能力によってしか物質世界を理解できません。つまり、あなたは目を通して波動を見えるものに置き換え、耳を通して波動を音に置き換えているのです。鼻や舌や指先でさえ、波動をにおい、味、感触に置き換えて、あなたが世界を理解できるように助けています。ですが、波動をもっとも高度に解釈できるのは感情です。

感情というサインに注意すれば、今経験していることやこれまで経験してきたことを正確に理解できるようになります。そして、感情のサインによって、あらゆる点で満足できる未来の経験を正確に、またいとも簡単に組み立てられます。

感じ方に注目することで、あなたはここにいる使命を果たし、思いどおりに楽しみながら成長を続けることができます。本当のあなたとの感情的なつながりを理解することで、あなたの世界で何がどういう理由で起きているかだけでなく、あなたが交流する他のすべての生ある〝存在〟のことも理解できるようになるでしょう。あなたは本当は何者で、これまで何者であり、これから何者になるのかについて、深いレベルで、〝見えない〟世界のより広い視野で、また物質世界での個人的な経験を通じて、すべて理解できるようになるでしょう。

第6章　宇宙最強の「引き寄せの法則」

あらゆる思考は波動を発し、それと一致する波動を引き寄せます。この流れが〝引き寄せの法則〟です。「似たものは引き寄せ合う」という意味です。

ラジオのチューニングを例にとりましょう。ラジオがＦＭ98・６にセットされていたら、ＦＭ１０１で放送されている音楽を聴くことはできません。そもそもの周波数が違うからです。〝引き寄せの法則〟も同じです。

あなたが願望という波動を放ち、それを実現させるには、あなたの波動が常に願望との調和を保つ方法を見つけなければなりません。

あなたが何に関心を向けているのかを知るには？

あなたが対象に関心を向ければ、波動を放ちます。波動を放つことは求めることと同じで、それが引き寄せの作用点となります。

まだ手に入れていない欲しいものがあるなら、それに関心を向けさえすれば、〝引き寄せの法則〟によってもたらされます。望む物事や経験について考えることで波動を放ち、〝引き寄せの法則〟によってその物事や経験が間違いなく訪れるのです。

しかし、望んでいるのに手に入れていないものがあっても、それがまだないという現状のほうに関心を向ければ、ない状態の波動と一致し続け、望むものが手に入らない状態が続きます。

望むものと波動を調和させるいちばん簡単な方法は、それがすでにある状態を想像し、それがあなたの経験にすでにあるかのごとく振る舞い、その経験を楽しんでいる状態へと思考を向けることです。そのように思考し、そのような思考の波動を絶えず放つようになると、あなたは望むものが実現するのを許可する立場に立つことができます。

さて、自分がどう感じるかに注意すると、願望に関心を向けているのか、それとも望むものがない状態に関心を向けているのかがすぐわかるようになります。思考の波動が願望と一致すれば気分はよくなり、満足、期待、熱望、喜びといった感情が湧きます。反対に、望むものが不足もしくはない状態に関心を向けると、悲観、心配、落胆、怒り、不安、うつ状態といった感情を味わうでしょう。

感情に気づくようになれば、〝創造のプロセス〟の中の許可する段階で自分がどう行動しているかがわかるようになり、物事がなぜそのように展開するのかについて二度と勘違いしなくなります。

あなたは考えたものを手に入れる

〝引き寄せの法則〟によって、あなたはいつでも考えていることの本質を引き寄せられるようになります。ですから、望む物事をいつも考えていれば、それが経験に反映されます。同様に、望まない物事をいつも考えていれば、それが反映されます。

何を考えていようと、それは未来の出来事を計画しているのです。何かに感謝するとき、あるいは心配するとき、あなたは計画を立てているのです（心配とは、想像力を働かせて、起きてほしくない何かを創造することです）。

あらゆる思考、アイディア、〝存在〟、物事は波動であり、たとえ短時間でも何かに関心を向ければ、あなたは関心を向けている対象の波動を反映し始めます。その対象について考えれば考えるほど、あなたはそれと同じような波動を発します。すると、それに似た物事が引き寄せられます。**その引き寄せの傾向はあなたが別の波動を放つまで高まり続けま**

す。別の波動が放たれると、その波動と一致する物事があなたによって、あなたへと引き寄せられます。

〝引き寄せの法則〟を理解すれば、自分に起こることに驚かなくなります。なぜなら、あらゆる出来事は、自分の思考が招いたのだと理解するからです。**思考によって招いていない出来事が起こることはありません**。

この法則に例外はありません。あなたは考えるものを手に入れるのだと理解し、何を考えているかに気づけるようになれば、起こることを完全にコントロールできるようになります。

例えば、配偶者のよさをたたえるのと、配偶者がもっとこうだったらと思うのでは波動がかなり違います。そして、あなたと配偶者との関係には例外なく、いずれかより優勢なほうの思考が反映されます。意識していなくても、あなたは考えることで配偶者との関係を成立させているのです。

あなたが隣人の幸運をねたんでばかりいるようなら、金銭的な現状を改善したいという願望は実現しません。願望とねたみの波動が異なるからです。

自分が放っている波動の性質を理解すれば、現実は意図的に、しかも楽に創造できます。

あなたは〝波動の存在〟である

あなたは〝意識〟です。

あなたは〝エネルギー〟です。

あなたは〝波動〟です。

あなたは〝電気〟です。

あなたは〝ソースエネルギー〟です。

あなたは〝創造者〟です。

あなたは〝思考の先端〟にいます。

最初は慣れないでしょうが、自分を〝波動の存在〟として受け入れることは有益です。

あなたは〝波動の宇宙〟に生きており、この〝宇宙〟を支配する〝法則〟は〝波動〟に基づいているからです。

あなたが意識して〝宇宙の法則〟の考え方に同調すれば、そして物事がなぜそのように反応するのかを理解するようになれば、謎や混乱ではなく明瞭さと理解が訪れるでしょう。疑念や恐れではなく知識と自信が、また不確かさではなく確かさが訪れるでしょう。そしてあなたの経験は喜びが基本となります。

望むものを十分に受け取るには、あなたの波動が願望の波動と一致していなければなりません。何かを望みながら、それがない状態に焦点を定めていては、それを受け取ることはできません。ない状態とある状態では波動が異なるからです。

より広い視野でとらえてみましょう。あなたはここで、意識的にせよ無意識にせよ、自分の願望を神のような目で見定めるという経験をしているのです。すると今度は、あなたの願いを聞き届ける〝ソース〟が、波動として放たれた要求にただちに応えます。

〝大いなるすべて〟はあなたが存在することで恩恵を受けている

あなたは具体的な経験をし、それゆえにあなたの内で具体的な願望が生まれます。〝ソース〟があなたの要求を聞いて応えることで、〝宇宙〟は成長します。

現在の時間と空間、現在の文化、現在の物の見方など、あなたの見方を構成するあらゆるものは世代を超えて進化してきました。実際、今、あなた独自の見方をもたらしている願望と結論と視点の元をたどるのは不可能でしょう。ですが、あなた独自の見方はそこにあります。あなたは存在し、考え、知覚し、求めています。そして、答えを与えられています。〝大いなるすべて〟にとっては、あなたにも、あなたの物の見方にも意義があります。

ですから、少なくとも私たちがあなたの価値や重要性を疑うことはありません。私たちはあなたの計り知れない価値を十分に理解しています。あなたには、あらゆる願望に応じて世界を創造する〝エネルギー〟を手に入れる価値があると知っています。ところが、多くの人はあれこれ理由をつけては求めているものを受け取ろうとしません。

〝宇宙〟の〝無上の幸福〟が、絶え間なく無限にあなたの経験へと流れるように許可する、生まれながらの能力を再発見してください。

私たちはこの能力を〝許可する技《わざ》〟と呼んでいます。あなたが今いる場所および元いた場所のあらゆる分子を構成する〝無上の幸福〟が、あなたが存在するかぎりあなたの中を流れ続けるように〝許可する技〟です。それは、あなたが受け取って当然の〝無上の幸福〟に、これ以上抵抗しないようにする技です。

第7章
あなたは思考の先端にいる

あなたが今いる場所を私たちは〝思考の先端〟と呼びます。なぜなら、あなたが身体に宿り、物質世界の経験をしながらそこにいるとき、あなたは私たちの延長部分の先端にいるからです。**これまでのすべての積み重ねの先に、今のあなたがあります。**今のあなたが、この身体に生まれてから積んできたあらゆる経験で形づくられているように、〝大いなるすべて〟がこれまでに経験してきたことが積み重なって、今、〝地球〟にある万物が形づくられているのです。

地球の住人は誰でも願望が生まれるきっかけとなるような経験をしており、一種の大規模なエネルギーの召集がかかっています。人の交流が盛んになればなるほど、個々人の願望が明らかになり、その波動が放たれます。放出される願望が増えれば、それだけ多くの答えが与えられます。こうして大いなる〝ソースエネルギーの流れ〟が今あなたの目の前に広がり、あなた個人の願望が受け取られます。要するに、大勢の人がこれまで生きてきて、今も生きているゆえに、そして多くの願望によって生じるエネルギーを集める力ゆえに、あなたが将来経験する〝無上の幸福〟の準備が整うのです。同様に、あなたの現在の願望が〝エネルギー〟の流れを生み、未来の世代がその恩恵を受けます。

願うことができるなら、宇宙はそれを生み出せる

誠実な願望が生まれたら、同時に〝宇宙〟はあなたが望む結果を提供する手段を手にしています。あなたがもっと多くを手に入れる能力は、これまでに何かを達成するたびに高まっています。その力を理解し始めてまもない人にとってこの事実は驚きかもしれませんが、そのことをすでに理解し、〝無上の幸福〟が自分の経験に絶えず流れてくることを期待している人にすれば当然のことに感じるかもしれません。このことを理解できなくても〝無上の幸福の流れ〟は止まりませんが、意識してその流れと同調すれば、創造に向けた努力はより多くの満足をもたらします。なぜなら、望んで実現できないことは1つもないと気づくからです。

いつまでも成長し続けるこの環境の複雑さを完全に理解していなくても、恩恵は得られます。ただし、目の前に広がる〝無上の幸福〟の流れに乗る方法を見つけないといけませ

ん。そうするに当たっては、次の言葉を贈りましょう。
「そこにはやむことのない〝幸福の流れ〟があるだけです。あなたはそれを許可することも拒むこともできますが、いずれにしてもそれは流れ続けます」

あなたは今、過去の世代が求めたものを受け取っている

エイブラハムの智恵を受け取って、他の人にも理解できる文章や話し言葉に置き換える能力を備えたエスターを称賛する人がいます。私たちも同感です。ですが、私たちの波動をエスターが受け取って翻訳する作業は、プロセスの一部にすぎません。それ以前に求める行為がなければ、答えは与えられないからです。

あなたの時代の人々は、古い世代の経験の恩恵を大いに受けています。なぜなら、彼らの経験や彼らの中で生まれた願望を通じてエネルギーの召集がすでに始まっているからです。

そして現在、あなたは過去の世代が求めたものの利益を収穫する〝思考の先端〟にいます。同時に、あなたは求め続け、また呼び出し、という具合に繰り返していきます。

ですから、**あなたが許可する方法を見つけられれば、波動さえ同調していれば〝無上の**

幸福〟がどっと押し寄せ、あなたにつかみ取られるのを待っているのです。

最近は深刻な苦難やトラウマに苦しんでいる人々がいて、その苦しい生活のせいで彼らの要求は増大し、強烈になっています。彼らの要求は真剣なので、〝ソース〟も同じように真剣に対応しています。求めている当人はたいていトラウマにとらわれすぎていて、要求したものの恩恵を自分では受け取れませんが、未来の世代、もしくは受け取りを拒絶していない現在の世代がその恩恵を受け取るでしょう。

〝無上の幸福の流れ〟とのつながりは、どんなときでも許可できる

今いる場所で、自分を〝無上の幸福の流れ〟の受け手として見てください。

この流れに身をまかせている自分を想像してみましょう。この無限の流れの〝思考の先端〟の受け手として自分を感じ、あなたにはその価値があると笑顔で認める努力をしましょう。

〝無上の幸福の流れ〟を受け取るにふさわしい存在だと感じられるかどうかは、あなたの人生で今、起きていることによって決まります。

あなたは全面的に祝福されていると感じることもあれば、あまり祝福されていないと感

じることもあるでしょう。あなたが祝福されていると感じ、いいことが流れてくると期待しているなら、その感じ方や期待の大きさがあなたの「許可」の度合いを示しています。一方、祝福されていないと感じ、いいことが起こると期待できないなら、その感じ方や期待の大きさがあなたの「抵抗」の度合いを示しています。また、〝無上の幸福の流れ〟を許可しないという結果をもたらした思考習慣は手放せるようになってください。

あなたが旅の途中で身につけた、〝無上の幸福の流れ〟と波動が食い違う抵抗さえ手放せれば、あなたは今すぐその〝流れ〟を全面的に受け取れるのです。

あなたが〝無上の幸福〟から受け継いだものを招き入れるかどうかは、すべてあなた次第であり、あなたがどう感じるかにかかっています。

その〝流れ〟を許可するかどうかに関しては周囲の人の影響を受けるかもしれませんが、最後はすべてあなた次第です。あなたは水門を開いて〝無上の幸福〟を招き入れることもできるし、取り分を奪われるままにしておくこともできます。ですが、あなたが許可するか抵抗するかに関係なく、流れは絶えず向かってきて、途切れることも疲れることもなく、いつでもあなたが考え直すのを待っています。

〝無上の幸福の流れ〟とのつながりを意図的に許可するのに、あなたを取り巻く環境や状況を変える必要はありません。あなたは刑務所にいたり、末期の病と診断されたり、破産寸前だったり、あるいは離婚協議中だったりするかもしれません。それでもあなたは今、つながりを許可するのにまたとない場所にいます。しかも大して時間はかかりません。〝宇宙の法則〟を理解し、「許可」する状態を目指す決意をすればよいのです。

第8章 あなたは波動を送信し、受信する

　さて、あなたの人生を創造し、楽しむための最重要部分を理解する準備が整いました。

あなたは物質的な存在ですが、それ以上に〝波動の存在〟です。人があなたを見るときは、目で姿を見て、耳で声を聞きますが、あなたはもっとはっきりと人にも〝宇宙〟にも自分の存在を示しています。あなたは波動の送信者であり、常に波動を送信し続けているのです。

　あなたがこの身体に意識を向け、目を覚ましている間は、わかりやすい特殊な波動を休みなく送信しており、その波動は即座に受信され、応えられます。あなたの現在と未来の状況は今送信している波動に応じてただちに変化し始めるのです。そして、たった今あなたが送信している波動の影響は宇宙全体に及びます。

あなたのエネルギーは、今この瞬間にも世界を創造している

あなたの世界は現在も未来も、あなたが今送信している波動から直接、明らかな影響を受けています。〝本当のあなた〟はまぎれもなく不滅の存在ですが、あなたが誰でたった今何を考えているかは、強力な〝エネルギー〟の集中を引き起こします。あなたが集中させている〝エネルギー〟は、世界を創造する〝エネルギー〟と同じものです。このエネルギーは、この瞬間にもあなたの世界を創造しています。

身体はわかりやすい誘導システムを内蔵しており、あなたの波動の強度とパワー、並びに関心を向けている方向を教えてくれる指針を備えています。

さらに重要なのは、この誘導システムは、あなたが選んだ思考が〝エネルギーの流れ〟と同調しているかどうかを理解できるように助けてくれることです。

この誘導システムの代表格が、感情です。

始動させた思考の波動を「信念」に変えるには?

これまでにあなたの頭に浮かんだ思考はすべて今も存在し、あなたがある思考に焦点を絞れば、その思考の波動が体内で動き出します。ですから、今何に関心を向けていても、関心を向けた思考の波動が動き出します。その思考から関心をそらせば、波動は活動を休止します。思考の働きを意識的に止める唯一の方法は、別の思考に移ることです。

つまり、**ある思考から意図的に関心をそらすには、別の思考に関心を向ければよいのです。**

何かに関心を向けると、最初、その波動はあまり強くありませんが、**そのことを考え続けたり、口にしたりすると、波動が強くなります。**いずれかの対象に十分に関心を向けると、その思考が優勢になる可能性があります。思考に関心を向け続け、そこに焦点を絞ることによってその波動を発生させると、その思考があなたの波動のかなりの部分を占めるようになります。こうなった思考は、「信念」と呼ぶことができるでしょう。

長く考え続ければ、その思考は強くなる

思考が広がる背景には〝引き寄せの法則〟があるので、対象とある程度同調することなくそれに関心を向けることはできません。ですから、あることを長く考え続けていると、同じ思考が繰り返されることになり、波動の同調は強まります。

ある思考との同調が強くなると、あなた自身の〝ソース〟との同調が強くなったか弱くなったかを示す感情が湧きます。つまり、対象に関心を向ければ向けるほど、本当のあな

たとの調和または不調和を示す感情が強くなります。関心の対象が本当のあなたと同調していれば、「いい気分」という形で思考との調和を感じます。しかし、本当のあなたと同調していなければ、「いやな気分」という形で思考との不調和を感じます。

関心を向けた思考はことごとく広がり、あなたの波動の構成に占める部分が増えます。**引き寄せに基づくこの宇宙では、焦点を合わせた対象はすべて引き寄せられます。**経験したい何かを見つけてそこに焦点を合わせ、大きな声でイエスと肯定すれば、それを経験に取り込むことができます。ところが、経験したくない何かを見つけてそこに焦点を合わせれば、大きな声でノーと否定しても、やはり経験に取り込まれてしまいます。

ですから傍観ばかりしているような人は、いい時期にはいい思いをしますが、悪い時期には苦労します。というのは、彼らが観察している対象はすでに波動を放っていて、観察することでその波動を自分に取り込んでしまうからです。すると、〝宇宙〟はその波動を引き寄せの作用点として受け入れ、そこにその波動の本質をさらに注ぎ込みます。なので人生の傍観者でいる場合、状況がよくなればどんどんよくなり、悪くなればどんどん悪くなります。

一方、先見の明のある人は常にうまくいきます。

何かに関心を向ければ、〝引き寄せの法則〟によってあなたが放つ優勢な波動に合う状況、条件、経験、人、あらゆる物事がもたらされます。これまで温めてきた思考と波動の合う物事が周囲に現れ始めると、あなたの波動の傾向はいっそう強まります。こうしてかつては取るに足らなかった思考が強い信念となります。

そして、その信念が常にあなたの経験として実現するようになります。

第9章 感情に隠された価値

視覚、聴覚、嗅覚、触覚は、いずれも波動を解釈して感覚としてとらえます。

あなたには波動を解釈する繊細で高度な機能が生まれつき備わっていて、経験したことを理解し、その意味を明らかにすることができます。あなたの感情というセンサーは、波動を解釈して、経験したことをその瞬間に理解できるように助けてくれます。

感情は引き寄せの作用点を示す指針

感情は、瞬間ごとにあなたという〝存在〟の波動の中身を示す指針です。自分の感情に気づくと、どういう波動を放っているかにも気づけます。〝引き寄せの法則〟の知識と、自分がどういう波動を放っているかこの瞬間に気づいたことを重ね合わせれば、引き寄せの作用点を完全にコントロールできます。これが理解できれば、あなたは人生を自在に導けるようになるでしょう。

感情は、あなたとあなたの〝ソース〟との関係を示します。感情は、〝ソース〟との関係について知りたいこと、もしくは知る必要のあることをすべて教えてくれるので、〝感情による誘導システム〟と呼びます。

この身体に宿ると決意したときのあなたは、〝ソースエネルギー〟との永遠のつながりについてよく理解しており、感情があなたと〝ソースエネルギー〟との現在の関係を教えてくれる忠実な指針となることを知っていました。なのであなたは、危険も混乱も感じなかったはずです。

また、**感情は〝ソース〟との同調の程度を示します。**あなたが〝ソース〟から完全に切り離されるほど〝ソース〟とまったく同調していない状態は考えられませんが、関心を向けた思考によっては、あなたの本当の姿である〝エネルギー〟とあなたとが同調している状態と同調していない状態にはかなりの落差があります。ですから何度も実践するうちに、本当のあなたとの同調の度合いがいつでもわかるようになります。同調していれば調子がよくなり、同調していないと調子が悪くなるからです。

芸術家が粘土をこねて満足のいく形を作るように、あなたは〝エネルギー〟を成形して創造します。あなたは物事について考え、思い出し、想像することによってエネルギーを成形しています。あなたは話すとき、書くとき、聞くとき、黙っているとき、思い出すとき、想像するときに〝エネルギー〟を集中させています。思考を投影することで焦点を絞っているのです。

両手を使って思い描くものを再現する芸術家のように、あなたは感情を使って〝無上の幸福〟への道を手探りで進んでいるのです。

第10章 願望を現実化する3ステップ

〝創造のプロセス〟はシンプルです。たった3つのステップです。

ステップ1　求める
ステップ2　答えが与えられる
ステップ3　与えられた答えを受け取る、すなわち許可する
（与えられた答えは招き入れなければならない）

【ステップ1】求める

あなたが焦点を定めることで、「ステップ1」は無意識のうちに実行されます。あなたの願望はそのようにして生まれます。繊細で、ことによると意識さえしていない願望から明確な願望まで、すべては日常のさまざまな経験から生まれます。願望は変化に富んだ多

様な環境に置かれることで生じます。こうして「ステップ1」は何もしなくても実行されます。

【ステップ2】宇宙が応える

「ステップ2」は簡単です。これは〝見えない〟世界の仕事、〝大いなる力〟の領域です。あなたが求めるものは大小すべて例外なく、ただちに理解されて十分に提供されます。個々の〝意識〟は求める権利と能力を備えており、すべての〝意識〟が尊重され、ただちに応じられます。

「求める」ときは言葉を使うこともありますが、多くの場合、あなたが選んだ願望が絶え間なく流れ出し、波動として放たれ、そのため、より洗練された新しい願望が次々と生まれます。

どんな質問にも答えが与えられ、どんな願望も実現します。ところが、たくさんの人が願望が実現しなかった例を挙げて反論するのは、重要な「ステップ3」をまだ理解しておらず、その手順を終えていないからです。

【ステップ3】許可して招き入れる

「ステップ3」は〝許可する技〟を適用する重要なステップです。誘導システムはこれのためにあると言えるでしょう。ここでは、あなたの〝存在〟の波動と願望の波動の周波数を合わせます。

ラジオを聞きたい局の周波数に合わせるように、あなたの〝存在〟の波動を願望の波動の周波数に合わせないといけません。これを〝許可する技〟と呼びます。

すなわち、**求めているものの受け取りを許可するのです。**受け取る態勢が整っていなければ、質問に回答が与えられていても、答えてもらっていないように思えます。あるいは願望が実現していないように思えます。それは願望が聞き届けられていないのではなく、波動が合っておらず、招き入れていないだけなのです。

「ない」状態ではなく、対象そのものに関心を向ける

あらゆる対象は、望むものと望まないものに分けられます。

望むものについて考えていると思い込んでいても、実際は正反対のことを考えているこ

とがあります。つまり、「元気になりたい↕病気になりたくない」「経済的安定を得たい↕お金がない経験をしたくない」「ゆるぎない関係で結ばれたい↕一人でいたくない」と考えてしまうのです。

考えることと手に入るものの波動は常にぴったり一致するので、今考えていることと経験していることを意識して関連づけてみるといいかもしれません。ですが、目指す場所に着く前からどこに向かっているかを理解できれば、もっといいでしょう。

〝創造のプロセス〟は、あなたが気づいているかどうかに関係なく進行します。多彩な経験をすることで、新しい願望が絶えずあなたの内に生まれていて、あなたは知らないうちにその波動を放っています。願望を放った瞬間に〝ソースエネルギー〟は波動の形で受け取り、〝引き寄せの法則〟が働いてただちに応答があります。あなたはそのソースエネルギーの応答と波動を合わせなければなりません。

願望に応えてもらっても気づかないのは、求めて（ステップ1）から許可する（ステップ3）までにたびたび時差があるからです。明確な願望を放ったとしても、願望そのものではなく、願望が生まれるきっかけとなった正反対の状況に焦点を戻してしまうことがよくあります。すると、あなたの波動は願望そのものの波動ではなく、願望が生まれた理由に基づく波動となります。

たとえば、自動車が古くなって修理を繰り返し、新しい車が欲しくなったとします。あなたが新車の与えてくれる安心感を求めて願望を放つと、〝ソース〟はそれをしっかりと受けとめ、ただちに応じてくれます。

ところが、あなたが〝宇宙の法則〟と「創造のプロセスの3ステップ」を意識していなかったために、新しい願望にすぐに注意を向けて、この魅力的な新車のことを考え続ける（そうすることで願望とあなたの波動を調和させる）代わりに、現在の古い車を振り返り、新車が欲しくなった理由に意識を向け、「この古い車は気に入らない」と言うのです。このとき、あなたは気に入らない車に目を向けることでそこに波動を戻しており、新車のほうに波動を合わせていないことに気づいていません。「どうしても新しい車が必要だ」と言いながら、古い車の欠点ばかりに注目しているのです。

新しい車が必要だと口にするたびに、知らずに不愉快な現状の波動を強めていて、新しい願望と波動を合わせることからも、求めているものを受け取る態勢からも自分を遠ざけています。

望まないものに意識を向ければ向けるほど、望むものは手に入らなくなります。要するに、美しい新車のことを主に考えていれば新車は着実に近づいてきますが、現在の車のことを主に考えていれば新車はやって来ないのです。

新車について考えることと古い車の短所をあげつらうことを分けるのは難しそうだと思うかもしれませんが、〝感情による誘導システム〟に気づけば簡単です。

病気や貧困は何によって創造されるのか?

何かについて前向きな感情を持ち続けていれば、よくない結果に終わることはありません。同様に、何かについていやな気分を持ち続けながら、よい結果に終わることもありません。


本来、病気の源などというものはありませんが、あなたが健康の自然な流れを許可しない思考をすることはあるかもしれません。同様に、貧困の源などありませんが、豊かさの自然な流れを許可しない思考をすることはあるかもしれません。

〝無上の幸福〟は休みなく流れています。あなたがその流れを滞らせたり制限したりする思考をしていないとしても、人生のあらゆる場面でそういう経験をしているはずです。

望むものとの関係であなたが今どんな立ち位置にいるかは問題ではありません。感じ方に注意して、気分のよくなる方向に思考を向けることで、あなたにとって自然な〝無上の幸福〟の波動との調和に再び達することができます。

純粋で前向きな〝エネルギー〟の延長として、あなたが〝本当のあなた〟と波動を合わせればそれだけ気分はよくなります。たとえば何かに感謝するとき、また他人や自分を愛するとき、あなたの波動は本当のあなたと一致します。ですが、自分や人のあら探しをしていると、その瞬間に本当のあなたの波動と一致しない波動を放ってしまいます。

いやな感情が湧けば、それは抵抗の波動を招き入れたことを示しており、あなたはもはや〝本当のあなた〟の〝見えない〟部分と物質世界のあなたとの純粋な〝つながり〟を許可する状態にはいないのです。

この〝本当のあなた〟の〝見えない〟部分はよく、〝内なる存在〟、もしくは〝ソース〟と呼ばれます。どう呼ぶかは重要ではありませんが、**あなたが〝ソース〟との全面的なつながりを許可しているとき、またつながりを制限しているときに、それを自覚することは重要です。**

第11章 あなたは意図的な創造者となる

自分がどう感じているかを意識して考えるようになれば、〝ソースエネルギー〟の方向づけが少しずつうまくなり、あなたは訓練を積んだ意図的な創造者となります。実践することで狙いを定めて〝創造のエネルギー〟を自在に操れるようになり、〝エネルギー〟を成形して世界を創造する仕事が楽しくなり、〝エネルギー〟を個人的な創作活動に向けられるようになるのです。

〝創造のエネルギー〟を集中させるときに考慮することが2つあります。第一に〝エネルギー〟の強さとスピード、第二にあなたが許可もしくは抵抗する程度です。

前者はこれまで願望について考えてきた時間および内容の具体性に関わります。つまり、かなり前から望んでいたのなら、今日初めて考える場合よりもエネルギーを集める力はかなり強力です。また、願望を明確にするのに役に立つさまざまな状況を経験していて、その願望について以前から考えているなら、エネルギーをより強力に集められます。願望がそのような強さとスピードを達成したなら、後者の要因、すなわちあなたが許可しているか抵抗しているかは容易にわかるはずです。

かなり以前から考えてきた願望が、この瞬間にまだ実現していないことに気づくと、強い悪感情が湧きます。あなたと波動が合わない、強いエネルギーを持つ実現していない願望について考えているからです。反対に、長く望んできた願望が実現しつつある状態を想像すれば、期待や意欲が湧いてきます。

思考はコントロールするのではなく、誘導する

技術が高度に進歩した現代社会では、今起きているたいていのことに関する情報を瞬時に入手できます。そのため、ときとして押しつぶされんばかりの思考が押し寄せてくることがあります。そのような環境で思考をコントロールするのは難しそうです。それよりも普通は目の前にあるものにただ関心を向けるでしょう。

ですから、私たちは思考をコントロールするようには勧めません。代わりに、少しでも自分の思考を誘導する努力をしてください。思考を誘導するというより、ある感情に到達するといったほうが近いでしょう。なぜなら、いい気分に到達することは、あなたがいいと信じるものと思考の波動を合わせるための簡単な方法だからです。

ある思考に関心を向ければ、その思考はあなたの内面でただちに動き出し、すぐに〝引き寄せの法則〟が応答します。つまり、今、**動き出した思考と波動が調和する別の思考が、すでに動き出している思考に加わり、より確かで強い思考となります。**あなたが焦点を絞り続けて思考が広がると、たった今、動き出して強まった思考にそれと似た別の思考が加わる、というサイクルが繰り返されます。

人生とは優勢な思考を反映した結果にすぎない

ある対象に常に集中し、あなたの内で絶え間なく波動を生じさせれば、それは優勢な思考となります。すると、その思考の周囲に波動が合う物事が現れるようになります。初期の思考にそれと波動が合う別の思考が加わるのと同じように、今度は優勢な思考と波動が合う物事があなたの経験、たとえば雑誌の記事、友人との会話、観察する対象などに現れ始めます。**引き寄せのプロセスが目に見えるようになるのです。**焦点を定めることで優勢な波動が十分に動き出すと、物事が、欲しいものであれ欲しくないものであれ、現れるようになります。

感情に注意を払う方法を役立てるには、まず流れているのは〝無上の幸福〟だけであるという考えを受け入れることです。あなたがそれを許可しているかどうかは、どう感じるかでわかります。

関心を向けている対象は、すでに〝エネルギー〟の波動を放っています。そこに関心を向け続ければ、あなたもその対象と同じ波動を発します。そこに焦点を合わせるたびに、そして波動を放つたびに、次にはもっと簡単にできるようになり、やがてあなたは一種の波動体質を身につけていきます。この思考に十分に焦点を定めて、その波動を放ち続ければ、あなたの「信念」と呼ぶものが形成されます。

「信念」とは繰り返し放った波動にすぎません。要するに、あることを十分な期間考え続ければ、考えていた対象に近づいたときに、〝引き寄せの法則〟によって信念が十分な波動を発する状態に簡単に移れるのです。そして今度は、その信念を引き寄せの作用点として受け入れ、その波動と一致するものがもたらされます。こうしてあなたは、それまでに考えてきた思考と一致する経験を手に入れて、「これが真実だ」という結論を下すのです。これを私たちは「引き寄せ」、もしくは「創造」と呼びます。

関心を向ければ、それがあなたの「真実」になります。〝引き寄せの法則〟によってそう決まっているのです。**あなたの人生も他人の人生も、思考の優勢な部分を反映した結果**

にすぎません。

思考の方向性を意図的に定める

意図的な創造者となるには、思考の方向性を定める決意をすることです。思考の方向性を意識して選択した場合だけが、引き寄せの作用点に意図的な影響を及ぼせるからです。

これまでと同じように論じ、観察し、信じ続けているのでは、引き寄せの作用点を変えることはできません。あなたの波動を合わせないといけないのです。

あらゆる感情は、あなたが〝ソースエネルギー〟と同調しているかどうかを示します。

感情は、あなたの物質世界の〝存在〟と〝内なる存在〟の波動の差を示します。感情に関心を向け、気分のいい思考に集中しようと努めるとき、あなたは〝感情による誘導システム〟を利用していることになります。

〝感情による誘導システム〟は、あなたの波動の内容を理解し、現在の引き寄せの作用点がどこにあるかを正確に知る助けとなります。

欲しいものについて考えることと、それがない状態について考えることを比較して区別するのは難しいこともあります。ですが、願望について考えたときに湧く感情と、願望が実現していないと考えたときに湧く感情を区別するのは簡単です。なぜなら、願望に焦点を定めているとき（そしてあなたが放つ波動がそれを純粋に反映しているとき）は素晴らしい気分になり、欲しいものがない状態に焦点を合わせるとひどい気分になるからです。

自分を波動の存在として受け入れる

物質世界にいる私たちの友人の多くは、自分の人生を波動という観点で眺めることに不慣れです。ですが、**あなたは〝波動の宇宙〟で暮らしており、自覚している以上に〝エネルギー〟や〝波動〟や〝電気〟でできています。**この新しい見方を認めて、あらゆる物事を引き寄せる〝波動の存在〟として自分を受け入れられるようになれば、〝意図的な創造〟という楽しい旅を始められます。

あなたが考えていること、感じていること、受け取っていることとの関係が理解できるようになれば、それが手に入るのです。

第12章 感情の現在地点をコントロールする

人はたいてい自分が何を信じるかをコントロールできると思っていません。彼らは出来事を善と悪、望むか否か、正しいか間違いかに分類しています。周囲で起きることを観察して評価を下しますが、自分の中で形成される信念は思うようにならないと感じています。

多くの人は他人が創造した状況の一部は認めるものの、その他の認めがたい状況をコントロールしようとするという不可能に挑みます。彼らは個人の腕力や気力によって、あるいは団結することで影響力や支配力が増した気になって、自分たちの〝無上の幸福〟を脅《おびや》かしかねない状況を変えてその幸福を守ろうとします。ですが、引き寄せに基づくこの〝宇宙〟では、**望まないものに圧力を加えれば加えるほど、その人の波動は望まないものに近づきます**。そうすることで望まないものをいっそう自分の経験に招き入れてしまうのです。望まないものがいくつも現れるようになると、望まないものがいかに差し出がましくいやな存在だったかという点で、自分は最初から正しかったのだと確信します。

要するに、自分の信念を擁護すればするほど、〝引き寄せの法則〟はその信念が実現するようにあなたを助けようとするのです。

〝真実〟とは、意図的に選択して創造できる

対象にしっかり関心を向ければ、やがてあなたが考え続けてきたことの本質が現れます。他の人がそこに関心を向けることで、現実化がさらに進むのを助けます。やがて、実現した結果は望んだものであろうとなかろうと〝真実〟と呼ばれます。

あなたが創造する〝真実〟は、無条件に選択できると覚えていてください。何かを経験する唯一の理由はその対象に関心を向けたからだと理解すれば、誰かが関心を向けたからこそ〝真実〟が存在するのだと容易に理解できます。

とすると、あなたが「これは真実だから私はそこに関心を向けないといけない」と思うのは「誰かがその人の望まないことに関心を向け、それによってその対象を自身の経験に招き入れた。誰かがそうしたのだから、私もそうしなければならない」と思うのと同じことです。

あなたが自分の〝真実〟としていることには素晴らしいものも、そうでないものもあり

ます。〝意図的な創造〟とは、自分の〝真実〟とする経験を意図的に選ぶ作業なのです。

あなたが生じさせた思考が漠然として焦点がしっかり定まっていなければ、初期の波動はかなり小さく、引き寄せる力はあまり強くないでしょう。そのため最初は、対象に関心を向けたことで引き寄せたという明らかな証拠が見えないかもしれません。ですが、その波動と一致する他の思考の引き寄せが始まります。つまり、その思考は次第に強くなっていきます。引く力が強くなり、よく似た思考の波動がそこに加わっていくのです。

成長し続けるこの思考の波動が、あなたの〝ソースエネルギー〟とどの程度一致しているかを示す感情の現在地点がわかるようになります。**波動が本当のあなたと一致していれば、いい感情が湧いて教えてくれます。一致していなければ、いやな感情が湧いて教えてくれます。**

たとえば幼い頃、あなたは祖母に言われたかもしれません。

「おまえは本当にいい子だ。おまえのことが大好きだよ。幸せな人生を送るだろうね。才能もあるし、きっと世の中の役に立つ人になるよ」

この言葉はあなたの中心にあるものと波動が一致しているので、いい気分だったはずです。

ですが、誰かに「きみは悪い人だ。恥を知りなさい。きみのせいで気分が悪い。ここから出ていってくれ」と言われたら、いやな気分になるでしょう。その言葉に関心を向けることで、あなたは本当のあなたとも、あなたが知っていることとも波動がずれてしまうからです。

波動の癖や習慣を示す「感情の現在地点」

思考に焦点を当て続けると、〝引き寄せの法則〟によって似た思考がどんどん湧いてくるため、そこに集中し続けるのが楽になっていきます。そのため感情に関して、あなたはある気分もしくは態度を身につけます。**波動に関しては、習慣的な波動の癖のようなものを獲得していきます。それが「感情の現在地点」です。**

自分の経験に何を招き入れているかは気分が教えてくれます。何かに関する気分、すなわち総体的な感じ方には、これまでに放ってきた波動がはっきりと示されます。

たとえば子どもの頃、親が貧しかったとしましょう。お金がなく、欲しい物が買えない状況が家庭でたびたび話し合われ、そのたびにあなたは不安になりました。あなたが何かねだると「お金は木になるわけじゃないんだ」「欲しければ何でも手に入ると思うな」ななど諭されました。

このような「ない」という思考に長年さらされていると、お金という対象にまつわる思考の習慣、〝感情の現在地点〟は経済的な成功への期待が低くなるのです。そのため、お金や豊かさについて考えるたびに、ただちに気分や態度が失望、心配、怒りに変わるようになります。

あるいは、子どもの頃、友人のお母さんが交通事故に遭って助からず、そんなつらい経験をした人と親しくしていたことで、自分の両親の〝無上の幸福〟に不安を抱くようになりました。親が車で出かけるたびに、無事に戻るまで不安で仕方がありません。そうして大切な人の〝無上の幸福〟を案じるという習慣を身につけていきます。この場合のあなたの〝感情の現在地点〟は不安です。

感情の現在地点は自分でコントロールできる

〝感情の現在地点〟は、いい気分で安定している状態から、気分の悪い不安定な状態に変わることがあります。逆に、いやな気分からいい気分に変わることもあります。なぜなら、感情の現在地点は対象に関心を向け、思考するだけで達成されるからです。

ところが、たいていの人は意図的に思考せず、思考が周囲の出来事に振り回されるにまかせています。何か起きるとそれに反応して感情が湧いてきます。彼らはたいてい、自分には周囲の出来事をコントロールする力はないと感じており、観察した対象に反応して湧く感情はコントロールできないと結論づけています。

あなたの感情の現在地点はコントロールできることを理解してください。また、自分の感情の現在地点を意図的に変える価値を理解してください。

第13章 感情を指針とする

感情はあなたがこの瞬間に抱いた願望によってどれだけの〝ソースエネルギー〟を呼び集めているかを教えてくれます。また、ある事柄についての優勢な思考の波動があなたの願望と一致するか、あるいは願望がないときの波動と一致するかどうかも教えてくれます。たとえば、情熱や意欲は、たった今、焦点を定めている強い願望があることを示します。憤りや復讐心も同じです。一方、無気力や倦怠感は願望がほとんどないことを示します。

何かを本気で求め、その願望について考え、そのことに喜びを感じているとき、思考の波動は願望と一致しています。そして、〝ソース〟からの流れがあなたの中を制限も抵抗もなく願望に向けて流れていきます。

ところが、何かを本気で求めながら、怒り、恐れ、失望を感じていれば、願望と相反する状況に焦点を定めており、そうすることで、あなたは願望と一致しない別の波動を招き入れています。**今味わっているいやな感情の強さで、願ったものを受け取ることにどれだけ抵抗しているかがわかります。**

感じ方に注意を払って、今引き寄せているものを知る

感情が強いとき、気分がよくても悪くても、願望は強力です。

感情が弱いとき、願望はあまり強くありません。

強弱にかかわらず、気分のよくなる感情なら、あなたは願望の実現を許可しています。

強弱にかかわらず、気分の悪くなる感情なら、あなたは願望の実現を許可していません。

感情は現在の引き寄せの作用点を完璧に反映しています。

感情はコントロールできないと考える人もいれば、コントロールするべきだと考える人もいます。ですが、感情を別の見方でとらえてください。どう感じるかに注意をして、感情を指針とするのです。


感情はあなたがたった今、何を引き寄せているかを示します。選択した思考が望む方向にあなたを運んでいないことを感情が教えようとしているなら、気分のいい思考を選んで、本来のつながりを取り戻しましょう。

常に至福を求めなさい

ポジティブ思考の効果については何冊も本が出ており、私たちはその考え方を支持します。物質世界の友人に向けられた導きの言葉「至福を求めなさい」ほど優れたものはありません。

〝ソースエネルギー〟としっかり同調していれば〝無上の幸福〟は確実に訪れます。ですが、至福の波動とかけ離れた波動を放つよう仕向ける状況に巻き込まれていると、至福に近づくのは不可能です。〝引き寄せの法則〟は波動の飛躍を認めないからです。

あなたの仕事は、実現することではなく求めること

あなたには思考の向きを定める力があります。あなたは物事をありのままに観察するか、それとも望む姿を想像するか、どちらかを選べます。どちらを選んでも思考の方向は定まります。また、実際に起きたままに何かを思い出すか、それともあなたにとって好ましい形を想像するかを選べます。うれしかったことを思い出すか、うれしくなかったことを思い出すかを選べます。望むものを期待するか、望まないものを期待するかを選べます。

いずれの場合も、思考によって引き寄せの作用点と等しい波動があなたの内に生じると、放った波動と一致する状況や出来事が現れます。

あなたには自分で決めた場所に関心を向ける力があるので、望まないものから注意をそらして望むものに向けることができます。ですが、内面にある波動が何度も放たれてきたものならば、これまでと同じような波動を放ち続ける傾向があります。その場合、どれほど変えたくても波動は変えられません。

波動は少しずつなら変えられると理解すれば、波動のパターンを変えることは難しくありません。波動がどのように働くか、それがあなたの経験にどう影響するか、そして、感情が波動について何を伝えようとしているかを理解すれば、あなたは願望の実現に向けて速度を上げて着実に進んでいけます。

何かを実現するのは、あなたの仕事ではありません。あなたの仕事は、自分が何を求めているかを判断することです。願望のリストが増え続けるのは止められません。ですから、何を選ぶか、また、あなたから見て人生をどのように好転させられるかについて、意識と無意識、両方のレベルで判断するのを、人生経験が助けてくれるでしょう。そして、意識的に、無意識にあなたから示されたもの（すなわちあなたが求めるもの）に〝ソース〟が応えます。

望まないものを理解する経験をしてきていれば、何を望むかもはっきりとわかります。しかし、望まないものを苦痛とともに認識した場合、あるいは可能だと信じられないことを望む場合、あなたの波動は同調しません。

また、欲しいものがあっても、それを手に入れていないことが不満なら、あなたの波動は同調しません。欲しいものをすでに手にしている人を見て嫉妬するようでも、あなたの波動は同調しません。

宇宙の本質は、絶えず生じる願望に応えること

願望や要求は、とめどなく自然にあなたから放たれます。あなたがそのようにとりはからう〝宇宙〟の〝先端〟にいるからです。願望を抑えることはできません。この〝宇宙〟の永遠の本質は、あなたの願望が表に出てくるように迫るのです。

これは永遠に成長し続ける、この〝宇宙〟の基本です。

多様性が熟慮をうながす。

- 熟慮することで優先事項が明らかになる。
- 何かを優先することは求めることである。
- 求めれば常に答えが与えられる。

自分の人生を創造するにあたって、質問する価値のある問いは1つしかありません。

「私の経験から生まれた願望と私の波動をどうすれば同調させられるか？」

答えは簡単です。感じ方に注意して、どんなことであれ、いい気分になる思考を選ぶようにしましょう。

第14章 あなたが本当は知っていたこと

この身体に宿ると決めたときに、あなたは自分が創造者であり、〝地球〟の環境が具体的な創造にヒントを与えてくれるだろうと知っていました。求めれば必ず与えられることも知っていました。あなたは願望を達成するためのヒントが与えられるはずだという思いに胸を躍らせ、〝ソース〟があなたの中を流れて願望をかなえてくれることを理解していました。

あなたは次のことも知っていました。

- 〝無上の幸福〟に常に手を伸ばすことで、望むものに向かって進み続けること。
- 願望に向かって進む途中で喜びを経験するだろうこと。
- この〝地球〟で素晴らしい経験を引き寄せられるように、あなたの波動を形にする十分な余地があること。
- 〝無上の幸福〟がこの〝宇宙〟の基本であり、絶えず思考することで、満足のいく人生を営む思考を形にする十分な機会があること。

● 〝無上の幸福〟はふんだんにあり、あなたがさまざまな環境の待つ地球に向かうことに危機感も不安も覚えなかったこと。

● 多様性が具体的な人生を選ぶ助けとなること。

● あなたの務めは思考の方向を定め、それによって人生を切り拓くことだということ。

● あなたは〝ソースエネルギー〟の果てしない延長部分であり、本当のあなたの基本は善であること。

● あなたは、あなたが元いた場所の〝無上の幸福〟およびあなたの〝ソース〟の〝無上の幸福〟を難なく許可し、あなたの中を絶え間なく流せること。

● あなたは、あなたの〝ソース〟から離れられず、そこから自分を完全には切り離せないこと。

● 望むものに向かっているか、そこから離れているかを、そのときの感情がいつでも瞬時に教えてくれること。

● 一瞬ごとにどう感じるかによって、〝無上の幸福の流れ〟とのつながりをあなたがどれだけ許可しているかがわかるということ。そして、あなたは素晴らしい人生への熱い期待を抱いて、この〝地球〟で生きるためにやって来たこと。

●どんな思考もただちに実現することはなく、あなたには形をつくり、評価し、決断し、"創造のプロセス"を楽しむ十分な機会が与えられること。

思考してから思考が実現するまでの時間を、私たちは「時間という緩衝帯《かんしょうたい》」と呼びます。思考し、その思考がどう感じるかに気づき、気分がよくなるように思考を調整し、絶対的な期待を抱いて、自分の願望と定めたすべてのことが着実にそっと展開するのを楽しむ、素晴らしい時間です。

なぜ、多くの人が望まない経験をしているのか？

望むものを手に入れていないことに理由はありません。望まないことを経験することにも理由はありません。あなたには自分の経験を完全にコントロールする力があるのです。

そう話すと、物質世界の友人に反論されることがあります。望むものを手にしていない、あるいは望まないものを手にしている、という状況はよくあるからです。それで彼らは、本当は自分の経験など創造できはしないのだと文句を言います。自分で自分をそのような状況に置くはずがないからです。コントロールする力があるなら、状況は違うはずだと言うのです。

あなたは自分の人生に影響を及ぼす力を常に手にしています。望まない経験をしているなら、望まない何かに関心の大半を向けているとしか考えられません。


とはいえ、現実的に、なぜこれほど多くの人が望まないことをいくつも経験しているのでしょうか？

次の質問について考えてみてください。

「今、フェニックスにいて、サンディエゴに行くにはどうすればいい？」

簡単です。サンディエゴを目指したはずが途中で方向を見失って別の方向に向かっていたら、もう一度向きを変えてサンディエゴを目指します。またしても混乱して反対方向に向かっていたら……行ったり来たりを繰り返して、目的地にたどり着けないかもしれません。ですが、あなたには方角の知識があるし、道路標識や人の助けも借りられます。道に迷い続けて行きたい場所に一生たどり着けないことはないでしょう。２都市を結ぶ旅はそれほど難しいものではなく、方法は見つかるはずです。

どんな場合でも、今いる場所から目指す場所に行くのは、これと同じくらい簡単です。

途中で現在地を確認する方法さえわかっていれば大丈夫です。

たとえば、一度破産すると経済的豊かさを取り戻すのが難しいと感じるのは、向きを変えて願望とは逆方向に向かっているのに気づいていないからです。パートナーのいない人がいい関係を築けないのは、あなたを出発地点に連れ戻そうとする思考と言葉の力に気づいていないからです。フェニックスからサンディエゴへの行き方はわかっても、病気から健康な身体へ、理想のパートナーのいない状態から素晴らしい関係の構築へ、経済的困窮からやりたいことができる自由へと移る方法がわかっていないのです。

感情が指針となることを理解すれば、「現在の思考に関して自分が何をしているかわからない」ということは二度となくなります。目的地すなわち願望に向かっているか、そこから遠ざかっているかに常に気づけるようになります。そうすれば二度と迷うことはありません。望む方向に進んでいるとわかれば、気楽に旅を楽しめるようになるでしょう。

第15章
あなたは成長し続ける完璧な存在

次のことを理解してください。

- あなたは〝ソースエネルギー〟の延長部分である。
- あなたのいる物質世界は、創造のための完璧な場である。
- そこにある多様性は、あなた個人の願望に焦点を絞るのに役に立つ。
- あなたの中で願望に焦点が定まると、ただちに〝創造の生命力〟の召集が始まり、願望に向けて流れ出す。そして〝宇宙〟が成長する。それはよいことである。
- 〝創造のプロセス〟に意識的に気づくことが、プロセスの継続に必ずしも必要ではない。
- あなたが焦点を定めている〝思考の先端〟の環境は、そこに関わる全員の新たな願望を刺激し続ける。
- あなたの目にどれほど大きく、あるいは小さく見えようと、あらゆる願望は〝大いなるすべて〟によって理解され、応えられる。

- 知覚を備えたすべての人のあらゆる願望がかなえられると、〝宇宙〟は広がる。
- 〝宇宙〟が広がると、多様性が増す。
- 多様性が増すと、あなたの経験が広がる。
- あなたの経験が広がると、あなたの願望が広がる。
- あなたの願望が広がると、あなたの願望に対する答えが広がる。
- そして〝宇宙〟が広がる。それはよいことである。実にそれは完璧である。
- あなたは永遠に成長し続ける環境で暮らし、そのことは新たな願望をあなたの内に絶え間なく生み、いつでもただちに〝ソース〟が願望に応える。
- 求めるものを受け取るたびにあなたは新たな場所に立ち、そこから再び自発的に求める。
- 〝宇宙〟の成長とあなた個人の成長は常に次のようになる。

あなたは成長する宇宙に住んでいる。
あなたは成長する物質世界に住んでいる。
あなたは成長する〝存在〟である。
あなたが意識的に理解しているかどうかにかかわらず、すべてはそのように存在する。
〝宇宙〟は永遠に成長し、あなたも永遠に成長する。
それはよいことである。

あなた自身の楽しい成長に意識的に関わろう

私たちが私たちの考え方を熱心に示すのは、あなたが楽しい成長に意識的に関われるようにするためです。あなたの成長も、あなたの時空間の成長も、この〝宇宙〟の成長も、すべて事実としてそこにあります。自身の成長に意識的に関われば、大いに満たされるはずです。

第16章 あなたは多様性のある宇宙で共同創造している

あなたが何かを想像したり考えたりできるなら、この〝宇宙〟はその対象をふんだんにあなたにもたらす能力と資源を備えています。

豊かさと欠乏の両方がそろった環境では、どちらかに焦点を定めることが可能です。焦点が定まれば〝引き寄せの法則〟が動き出します。

何が欲しいかわからなければ、何が欲しくないかもわかりません。欲しくないものがわからなければ、何が欲しいかもわからないはずです。願望は、人生経験を通じて自然に生まれます。願望は毎日休みなく、あなたから放たれています。そして、すべての願望は例外なく〝ソース〟によって認識され、ただちに応えられます。

望むものを受け取るためにすべきことは?

物質世界の友人は、変化の少ない〝宇宙〟を望むことがあります。望まないものが少なく、望むものが豊富にある状態を求めるのです。あなたがこの物質世界にやって来たのは、そこでの経験の種類を少なくして、全員が賛同する、わずかな好ましい経験だけにするためではありません。そんなことはできません。この〝宇宙〟は成長しており、あらゆる物事を認めなければなりません。何を望むかを理解するには、何を望まないかを理解しなければならないのです。選択して焦点を定められるようになるためにも、どちらも存在する場に身を置く必要があります。

あなたの経験を通じて〝ソースエネルギー〟が表現されるとき、それはまさに〝思考の先端〟の経験です。あなたは創造という経験を微調整することで、思考をこれまでとは違う場所へと進めているのです。

この身体に宿り、創造するという決断を意欲的に下したとき、あなたは〝見えない〟世界にいて、この物質世界は壊れていないし、修復する必要もないとわかっていました。あなたは物質世界を修復するために来たのではありません。

あなたは、この物質世界を誰もが創造性豊かに自分を表現できる創造の場とみなしていました。あなたは他者の行動を変えるために来たのではありません。あなたは多様な状況の価値とバランスを理解したうえで来たのです。

地球に住む物質世界のすべての〝存在〟は、共に創造する仲間です。あなたがそのことを受け入れ、信念や願望の多様性の価値を認めれば、誰でも成長できる充実した経験ができるでしょう。

多様性のある環境にいることで生まれるものとは？

あなたがあらゆる食材を蓄えたキッチンのシェフだとしましょう。作りたいものはわかっていて、願望をかなえるために、すぐに使える食材をどう組み合わせればいいか知っているとしましょう。

このキッチンには、あなたの創造と調和する材料も、調和しない材料もあります。調和しない材料を使えばパイは台なしですが、だからといってその材料をわきによけたり、外に運び出す必要はありません。使わなければパイに混ざりはしないからです。どの材料が創造を広げ、どれが広げないかははっきりしているので、そこにある材料の多彩さを案じる必要はありません。

あなたの世界に住む人々のさまざまな経験、信念、願望を〝見えない世界〟の見方で見たとき、その一部を排除したり抑制したりする必要は感じなかったはずです。

この成長する〝宇宙〟には、あらゆる思考や経験を取り込む十分な余地があることをあなたは理解していました。あなたは意図的に自分の人生や創造をコントロールしようとしていました。しかし、他者の創造をコントロールしようとは思いませんでした。

多様性はあなたを脅かしたりせず、むしろ刺激を与えてくれました。なぜなら、あなたは多様な環境に置かれることであなたの内に明確な方向性が生まれ、たとえ他の人が別の選択をしても、あなたが正しくて彼らが間違っている、もしくは彼らが正しくてあなたが間違っていることにはならないと知っているからです。

なぜ宇宙の成長には願望が必要なのか？

こうした多様な環境から願望が生まれます。その瞬間に、〝引き寄せの法則〟によってその願望と波動が一致するものの本質を引き寄せ始めます。すると、その願望はただちに成長し始めます。

自分の感覚に注意し、生まれたての願望に関するいい気分の思考を選び続けると、あなたはその波動と同調した状態に留まり、その願望が経験に穏やかに現れます。こうして願望は創造されます。そして、この新たな願望の実現とともに、新しい見方がもたらされます。あなたの波動の特徴およびあなたに関するあらゆることが少し変化し、あなたは新しい環境に移り、その結果、あなたの内に再び新たな願望が生まれます。

次の願望が生まれた瞬間に、それもまた波動が一致するものを引き寄せ、成長し始めます。ですから、感覚に関心を向け続け、新しい願望に関していい気分の思考を選んでいけば、あなたの波動はそれと同調し続けます。そして、それは穏やかに経験に現れます。あなたはまた願望を創造します。

このようにして〝宇宙〟は成長し、あなたはその〝先端〟にいるのです。多様な環境は新しい願望を絶え間なく生み続け、そのたびに〝ソース〟が応じます。それは終わりのない、常に流れ続ける純粋で前向きな〝エネルギー〟の広がりです。

創造的な見方で、願望が1つ実現するたびにまた別の願望が生まれる様子をよく見れば、あなたは成長するこの〝宇宙〟での自分の役割を理解し始めるでしょう。また、新しい概念や願望を常に生み出す多様な環境に気づかずにはいられないので、このプロセスに終わりがないことをやがて思い出すでしょう。

願望の流れが止まることはなく、生まれた願望はどれもそれ自体が成長し、充足するために必要なものすべてを引き寄せる力を内に備えているという考えを受け入れれば、この〝宇宙〟には限りない〝無上の幸福〟があることを思い出すかもしれません。そして、肩の力を抜いて、あなたという〝存在〟の永遠の本質へと向かうのです。

最終的にすべての願望をかなえることが目標だとしたら、その目標を達成することはできないと気づくでしょう。成長し続けるという〝宇宙〟の性質が、それを許さないからです。あなたは存在することをやめられず、また意識を止めることもできないので、終わりはありません。

宇宙の資源には、不足も欠乏も奪い合う必要もない

あらゆる見方が重要であり、あらゆる要望がかなえられます。また、この〝宇宙〟は間違いなく成長するので、〝宇宙〟の資源が枯れることはありません。絶え間ない質問に対する答えが途切れることはなく、それゆえに競争もありません。

あなたに用意された資源を他の人が受け取ることはできず、他の人に用意された資源をあなたが勝手に使うこともできません。応えてもらえず、愛されることもなく、願望が実現しないまま放っておかれる人はいません。〝エネルギーの流れ〟に沿っていれば、あな

たは常に勝ち、あなたが勝つために誰かが負ける必要もありません。常に十分に用意されています。

物質世界の友人はときにこの真実を思い出せなくなります。過去に不足を経験したり、他人が不足を経験するのを見たのでしょう。しかしながら、彼らが目にしたのは不足や欠乏の証拠ではなく、求めて与えられたのに、受け取りを許可していなかった状況にすぎません。ステップ1で求め、ステップ2で聞き届けられても、ステップ3で許可していないのです。

何かを求めたのに受け取っていなければ、それはないからではなく、願望を抱いている人の波動が要求するものと同調していないのです。不足することも、欠乏することも、奪い合いになることもありません。

第17章 あなたは今どこにいて、どこに行きたいのか？

カーナビに目的地を入力すると、現在地からのルートを割り出してくれます。目的地までの距離と推奨ルートが画面に示され、走り始めると目的地まで指示してくれます。ナビの役目はあなたが行きたい場所に無事に着けるように助けることです。感情もこれに似た誘導システムとして働きます。**感情の主な役目も、今いる場所から行きたい場所までの旅を助けることなのです。**

行きたい場所に効率よく近づくには、目的地と現在地を把握することが重要です。

他人は自分に都合のいいように、たびたびあなたの行動を変えさせようとします。あなたは人に押しつけられた法律、規則、期待に圧倒され、あなたがどう振る舞うべきかについて誰もが意見を持っているようにさえ思うでしょう。しかし、このような外からの影響に従っていては、今いる場所から行きたい場所に道をそれずに進むことはできません。

人に気に入られようとしてあちこち引きずり回され、どれだけがんばっても満足な方向に進めず、人を満足させられないだけでなく、自分も満足できないと気づくでしょう。

あなたが幸せになることが他者への最高の贈り物

人に贈ることのできる最高の贈り物は、あなた自身が幸せになることです。

喜び、幸福、感謝を感じているとき、あなたは純粋で前向きな〝ソースエネルギー〟の〝流れ〟にしっかりとつながっています。そのとき、あなたが関心を向けた物や人は、関心を向けられたことの恩恵を受けます。

人の期待に応える必要はありません。

〝無上の幸福の流れ〟は誰でも利用できます。〝流れ〟を利用できることを理解していない人は、しばしば気分のいい場所に留まれないことに苦しみ、彼らの気分がよくなるような振る舞いをあなたに求めるかもしれません。しかし、彼らは自分を満足させる責任をあなたに押しつけて、あなたを不快な場所に留めるだけでなく、自分自身をも束縛します。

人の行動を操ることなどできないのです。自分が幸せになるために他人の行動の操作が必要だとしたら、彼らは本当に厄介です。

方向を他者に頼って決めてはいけない

あなたの幸福を決めるのは他者の行動ではなく、自分の波動のバランスだけです。他者の幸福を決めるのはあなたの行動ではなく、彼らの波動のバランスだけです。ある瞬間に人がどう感じるかを決めるのは、自身の〝エネルギー〟の組み合わせだけです。あなたがどう感じるかは、あなたの願望とあなたが放つ波動のバランスを示しているのです。

重要なのは、自分が放っている波動が願望の波動と一致しているかどうかを知ることです。感覚はあなたが〝ソース〟とのつながりを許可しているかどうかを教えてくれます。いい気分、前向きな創造性、豊かさ、思考の明晰さ、健康、活力、〝無上の幸福〟など、あなたが善とみなすあらゆる物事は、あなたが今どう感じているかによって、また本当のあなたの波動および願望の波動が、感情の波動とどう関わっているかで決まります。

他者に頼って方向を定めていると、迷ったり道を外れたりするでしょう。現在地から行きたい場所までの行程をあなたと同じように理解している人などいないからです。ところが、あなたの願望をまったく理解しないまま、人はあなたの願望に彼ら自身の願望を注ぎ続けます。目標に向けて着実に進むには、自分の感覚だけに注意するしかありません。

第18章
波動は少しずつ変えられる

別の思考を見つけると決意したとしても、ただちにその思考に移れるとは限りません。今いる場所から手を伸ばせる思考は〝引き寄せの法則〟によって決まっているのです。普段考えていることと波動の周波数に違いがありすぎる思考に一足飛びに移ることはできません。

今、あなたよりはるかに気分のいい状態の友人に、否定的なことを考えるのはやめて、もっと前向きな思考を選ぶように促されるかもしれません。ですが、その人が気分のいい場所にいるからといって、あなたをそこに連れていけるとは限りません。〝引き寄せの法則〟が働いて、普段の周波数との差が大きすぎる波動に自分を合わせることはできないのです。だとしても、意識して少しずつ波動を変えていけば、より前向きな場所にたどり着いたときにはその場に長く留まれるようになれます。

手の届くところにある最高にいい気分の思考を選ぶ

別の思考を選べば、必ず別の感情が返ってきます。ですから、「私は気分がよくなるような思考を選ぶ」という決意をすればよいのです。でも、もっと適切で簡単な決意表明の言葉があります。**「私はいい気分になりたいので、気分のいい思考を選んで気分がよくなるように心がける」**というものです。

「至上の喜びを追求する」と決意しても、これまで至上の喜びとはほど遠い状況に焦点を定めてきたとしたら、それは失敗に終わります。ですが、手の届く範囲でもっとも気分のいい思考を選ぶと決意すれば、それは楽に達成できます。

波動に基づく感情のスケールを上っていくには、自分の感じ方に意図的に気づいて敏感になることです。感じ方に気づけなければ、スケールを上っているのか下っているのかがわかりません。でも、今湧いてきた感情を意識していれば、気分がよくなれば目標に近づいているし、いやな気分が強くなれば間違った方向に向かっているとわかります。

第19章
どう感じるかは自分にしかわからない

あなたが何かを希望すれば、それはやがて実現します。何かを信じれば、やがて実現します。何かを恐れれば、やがて実現します。あなたの態度や気分は、常にこれから起こることを指し示しています。しかし、現在の引き寄せの作用点から離れられないわけではありません。ある思考や信念、態度、気分を一度身につけたからといって、それに応じて引き寄せ続けなければならないわけではないのです。自分の経験はいかようにもコントロールできます。そして、〝感情による誘導システム〟に関心を向けることで、引き寄せの作用点は変えられます。

これ以上経験したくないことがあれば、信念を変えるしかありません。経験したいのに経験できていないことがある場合も、信念を変えるしかありません。別の思考を選んだのに変えられないほど厳しい状況などありません。しかしながら、別の思考を選ぶには、改めて焦点を定めて、それを忠実に思考しなければなりません。**これまでと同じように焦点を定め、考え、信じ続けていたのでは、何も変わらないのです。**

人生に行き詰まりを感じる理由とは？

物質世界の友人から「今、行き詰まっているんです！　ずいぶん前から同じ場所を抜け出せません」と聞くことがあります。同じ場所に立ち止まって動けなくなることはありえません。〝エネルギー〟で成り立っている人生は常に動いているからです。

物事は常に変化しています。

行き詰まりを感じるのには理由があります。あなたが同じことを考え続けている間も物事は変化していますが、繰り返し同じ方向に変化しているのでしょう。**方向を変えたければ、別のことを考えないといけません。**それには、いつもと同じことをするのに、いつもとは違う方法を見つけるしかありません。

自分にとってふさわしいものは自分にしかわからない

「求めれば必ず与えられる」ということを思い出すとき、各自がそれぞれの見方で選択できる場にいることの素晴らしさを感じずにはいられないでしょう。

〝エイブラハムとヒックス夫妻の許可する技〟のセミナーにあなたが参加するとしましょ

う。セミナーの開催日と場所の情報はそろっていて、そのための時間も用意できます。あなたは自分にふさわしい決定を簡単に下せます。

セミナーはあなたの街でも開催されますが、その日は予定があるので、他の日を探します。時間を空けられる日に、前から訪ねてみたかった街で開催されるようです。そこでエイブラハム＝ヒックス・パブリケーションズに電話をして予約を入れます。

会場がある街は遠いので、宿を取り、交通手段を手配します。時間に余裕がないので飛行機を使い、会場から少し離れたホテルを選びます。あなたはそのホテルの会員で、割引料金で泊まれるからです。街に着いたら、いつものレンタカー会社で車を借ります。何もかも一人で段取りできました。

ですが、主宰者側が数多くのセミナーを開催してきた経験を活かして、あなたに代わってもっといいプランを用意できると言ってきたらどうでしょう。過去のセミナー参加者の意見をもとに、あなたに代わって彼らが何もかも手配してくれるのです。

彼らはあなたの住所を見て、同じ街で開かれるセミナーがいいだろうと考え、そこにあなたの名前を登録します。あなたが予定が重なることを告げると、彼らは調整し、あなたが訪ねてみたい街で開かれるセミナーのチケットを送ります。

同じように、あなたにとって最善だと彼らが考える航空会社、レンタカー会社、ホテルを予約してもらったとして、あなたは満足するでしょうか。こういうことは自分で決めたほうがうまくいくのです。

自分で選択するほうがはるかに適切な判断が下せます。代理人を介在させないほうが〝宇宙〟はずっと効率よく働けるのです。

何があなたにふさわしいかは、他人にはわかりません。でも、あなたにはわかっています。自分にとって何がベストかは、常にその瞬間にわかるものだからです。

第20章 人の自由を邪魔すれば、あなたの自由が犠牲になる

求めたものはすべて与えられるということを信じない人が多いのは、自分のしていることを波動レベルで自覚していないからです。

彼らは思考および思考が呼び覚ますその後の感情、そして今進行している現実化を、意識的に結びつけてはいません。すると、望むものとの関係で自分が今どこにいるかを見失うのです。

欲しいものがわかっていて、それをまだ手にしていないと気づいたとき、願望からあなたを遠ざけている原因は外部にあると思いがちですが、それは違います。**望むものを受け取れないように邪魔するものはただ1つ、思考の習慣が願望と相容れないことです。**

思考の力と願うものを受け取ることを許可する能力に気づけば、自分の経験を創造的にコントロールできるようになります。ですが、思考を通じて道を見つけるのではなく、結果にばかり意識を向けていると、すぐ道に迷ってしまいます。

あらゆる「現実」は誰かが焦点を定めた結果

「私はありのままを話しているだけです。私は現実と向き合っているにすぎません」と言う人がいます。

あなたは自分で自分の現実を創造することを知る前に、他人の創った現実と向き合うように教え込まれたのです。望んでいない現実と向き合ってはいけません。どんな「現実」も、誰かが焦点を定めた結果としてそこにあるにすぎないのですから。

また、こう言う人もいます。

「でも、これは真実であり、関心を向ける価値があります」

あなたが関心を向けるものは何でも姿を現します。ですから、**主たる焦点を自分の感覚に定め、現実化の過程にはあまり関心を向けないほうが有益です**。ありのままの現実にばかり関心を向けていると、すでにあるものがさらに広がるのを妨げてしまうからです。

自分と他人の経験を集めたデータは、誰かがすでに流した〝エネルギー〟の結果にすぎません。それは動かしようのない現実を示しているわけではありません。

現代社会にはデータを集める人が大勢います。彼らは経験を比較し、それを適切か不適切か、正しいか間違いかに分類して一生を送ります。そしてテーマごとに長所と短所を評価します。しかし、彼らの放つ波動が自分のためになっていないことにはほとんど気づいていません。〝エネルギー〟を逆方向に流しているため、自分に力があることに気づかないのです。彼らは創造するよりも、同じ地球で暮らす人々の行動や経験を評価することに熱心なのです。

こうして彼らは、自分の幸せや〝無上の幸福〟が他人の行動によって決まると思い込むようになり、自分が困った立場にいることに気づきます。他人や行動や信念を指して、不適切だと言ったり否定したりして、望まない物事の波動を自分の経験に取り込んでいることに気づきません。望まない物事がどうして自分の経験に現れるのかわからないまま、ますます用心深く恐れるようになるのです。

なぜ望まないものを経験することはないのか？

望まない経験への恐れから解放されようとして、他人の行動や願望をコントロールしようとしても無駄です。自由は波動の引き寄せの作用点を調整することでしか得られません。

〝引き寄せの法則〟のことを知らず、また自分が引き寄せの作用点によって何をしているのかに気づいていないなら、それもわからないではありません。ですが、周囲の状況は大方コントロールできません。〝引き寄せの法則〟について学び、思考がどう感じるかに気づけば、望まないものが経験に飛び込んでくる恐れはなくなります。自分で招かないかぎり何も経験に飛び込んではこないとわかるようになります。**引き寄せの法則に基づくこの〝宇宙〟では、理由もなく現れることはなく、あなたの波動を合わせさえしなければ望まないことは現れません。**

赤ん坊でさえ〝宇宙〟と一致する波動を放っています。あなたと同じように赤ん坊も周囲の人々の波動の影響を受けますが、それでも自分の現実を創造しています。赤ん坊も、この身体に宿ったときから人生の創造を始めたのではなく、誕生するはるか以前に、今生きている人生を始動させているのです。

〝見えない世界〟との関係を理解し、自分がなぜここにいて生きて創造しているのかを理解しようとしている物質世界の友人から、「物質世界のことをほとんど知らない赤ん坊に、自分の人生を創造する責任を負わせることができるのでしょうか？」とよく聞かれます。

赤ん坊はその環境で生きる準備が整っているのだと理解してください。というのは、赤ん坊も〝感情による誘導システム〟を備えているからです。

赤ん坊はあなたと同じように、新しい決断を次々に下し、〝ソースエネルギー〟と同調する機会を求めて、喜び勇んでやって来たのです。

どんなに強い願望も実現させないものとは？

車を時速150キロで運転していて木にぶつかれば大事故になります。車の速度はあなたの願望のパワーだと考えてみましょう。つまり、何かを強く求めたり、願望に長い間焦点を定めてきていれば、〝エネルギー〟の動きは速くなります。このたとえでは、木はあなたが抱えているかもしれない抵抗もしくは矛盾する考えを表します。

木にぶつかったら大変ですが、強い抵抗があるのに強い願望を持ち続けても楽しくありません。車の速度を落としてバランスを調整しようとする人もいます。願望を否定したり、手放そうとしたりして、場合によってはかなり苦労して、そのパワーをある程度分散させることはできます。ですが、もっとよい方法は抵抗をゆるめることです。

「願望がかなえば気分がよくなるはずだ」という思いの他に願望を抱く理由はありません。望むものが物であれ、人間関係であれ、健康であれ、状況であれ、あらゆる願望の中心には気分をよくしたいという願いがあります。

人生の成功の基準は物やお金ではなく、どれだけ喜びを味わえるかです。

人生の基本は自由であり、人が生きた結果が成長です。ですが、人生の目的は喜びです。これまでもずっと、大事なのは願望の実現ではなく、その瞬間にあなたがどう感じるかでした。要するに、あなたは何が欲しいのかを明らかにし、世界を創造する〝エネルギー〟とつながり、関心を向けた先へ〝エネルギー〟を送ろうと決めて、多様な物質世界に来たのです。人生には〝エネルギー〟を送る行為が不可欠だからです。

なぜ、感謝をすると抵抗がなくなるのか?

感謝と自己愛は、あなたが育《はぐく》むことのできるもっとも重要なものです。**人や自分に感謝する行為は、〝ソースエネルギー〟にもっとも近い波動を放ちます。**

感謝する対象に焦点を定めているときの思考は、〝ソースエネルギー〟としての本当のあなたによく似ていて、あなたの〝エネルギー〟に矛盾はありません。感謝する瞬間、本当のあなたに対する抵抗がなくなるので、そこから生まれるのは愛と喜びです。

ところが、誰かを批判したり自分に欠点を見つけたりすると、気分のよくない感情が湧きます。批判の波動があなたの〝ソース〟の波動と違いすぎるからです。要するに、本当のあなたの波動と一致しない思考を選んだので、その瞬間に感情を通じて選択したものとの不調和を感じるのです。

あなたのことが大好きで、大事にしてくれる祖母が、あなたがどんなに素晴らしいかを話してくれたとき、それを聞いて気分がよくなるのは、あなたを本当のあなたとつなぐ形で焦点を絞れるからです。ですが、あなたがしたことで誰かに叱られれば、そのことに影響されて本当のあなたの波動と一致しない思考を持つようになり、気分はすぐれなくなります。

利己的になることはいけないことか？

私たちは人に利己的になるように教えていると非難されることがあります。確かにそう教えています。〝ソースエネルギー〟と意図的に同調できるほど利己的にならなければ、あなたが人に与えられるものは何もありません。

なかにはこう心配する人がいます。

「私が自分本位に欲しいものを手に入れたら、人から不当にそれを奪うことになりませんか？」

この心配は「享受できる豊かさには限りがある」という誤解によるものです。

たとえば、「これまで健康に生きてきたことが後ろめたいので、今まで病気だった人が私の健康の分け前にあずかれるように、これから2年間、私は病気になります」などと言う人はいないでしょう。あなたの健康が他者の健康を奪うわけではないからです。

利己的な人はわざと他者に害をなすのではないかと心配する人がいますが、〝ソースエネルギー〟とつながっている人が他者に害をなそうとすることなどありえません。「殺人犯の写真を見ましたが、表情がうれしそうでした。後悔している様子はありません。楽しみながらやったそうです」と言う人がいます。ですが、その男が何を感じているかはあなたにわかることではありません。

〝ソースエネルギー〟とつながっている人が他者に危害を加えることはないと、私たちは保証します。身構えてしまっていたり、つながりを断たれているせいで人を攻撃することはあっても、つながっているならそのようなことは起こりません。

究極の利己的な行為は、〝自己〟とつながることだと理解してください。そのとき、あなたは純粋で前向きな〝エネルギー〟となります。

誰もが自分の〝ソースエネルギー〟とつながっていたなら、他者を攻撃したりしなくなるでしょう。嫉妬も不安も、競争がもたらす苦しさも消えるからです。誰もが自身の〝存在〟の影響力を理解すれば、人を思いどおりにしようとはしなくなるでしょう。不安や嫌悪は、あなたが本当のあなたとつながっていないせいで生じます。〝無上の幸福〟と利己的につながれば、〝無上の幸福〟しかもたらされません。

あなたが素晴らしい経験をするためにここで学んでいるということを、あなた以外の人が理解する必要はありません。**あなたが本当のあなたの姿を思い出し、本当のあなたと同調する波動に意識的に手を伸ばせば、あなたを取り巻く世界も同調します。**そして、人生のあらゆる領域に〝無上の幸福〟が姿を現すでしょう。

期待せずに望むとどうなるか？

感情は、願望に向けてどれだけの〝エネルギー〟を呼び集めているか、またそのうちどれだけを、今、優勢な思考と信念に向けているかを示します。よい感情であれ悪い感情であれ強い感情が湧けば、願望の焦点は定まっており、そこに向けて大量の〝ソースエネルギー〟を呼び集めています。

いやな感情（憂鬱、恐れ、怒りなど）**が湧けば、願望に抵抗しています。よい感情**（情熱、意欲、期待、愛など）**が湧けば、抵抗はありません。**つまり、呼び集めた〝ソースエネルギー〟に波動レベルで挑んでいない状態です。そのとき、あなたは願望が実現に向けて展開するのを許可しています。

完璧に創造的な状況とは、あなたが可能だと信じる何かを強く望むことです。願望と信念の両方があなたの内にあるとき、物事は短時間であっさりとあなたの経験に現れます。ですが、可能だと信じていない何かを欲し、期待していない何かを望むとき、簡単には現れません。それを招き入れることをあなたが許可していないからです。

純粋な願望とはどんな感じがするか?

残念なことに、期待していない何かを求める不快さが願望の感覚だと勘違いしている人が少なくありません。彼らが若い頃に知っていた、純粋な願望が持つ意欲的で新鮮な期待の感覚がもはやわからなくなっているのです。

純粋な願望は常に心地よく感じます。その波動はまだ見えていない未来へと広がり、〝引き寄せの法則〟によって物事を調和させる方法をあなたのために用意しているからです。


こんなことを言う人がいます。

「私は今いるこの場所では幸せになれません。あちらに行きたいものです。私の身体が病気でない場所、体重が軽くなった場所、お金がもっとある場所、もっといい人間関係が築ける場所に行きたいのです」

「どうして？」と聞くと、多くは「ここでは幸せでないから」と答えます。

だとしたら、**「あちら」にあるはずのものについて語り、「あちら」にあるものの感覚を見つけることが重要です。**「こちら」に何があるかを語り、その感覚を味わっているだけでは、実際に「あちら」に行くことはできません。

今いる場所について考えたり話したりすることに慣れているとすると、波動をいきなり飛躍させて、かけ離れたことを考えたり感じたりするのは容易ではないでしょう。

〝引き寄せの法則〟を無視して、波動を飛躍させようと繰り返し試みるのは、落胆につながります。そして、人はやがて、自分の人生経験はコントロールできないという結論に至るのです。ですが、努力すれば別の思考が見つかります。いい気分になると決意して、対象を変え、気分のいい波動を持つ別の思考を見つけるのです。とはいえ、波動の変化はだいたいにおいてゆるやかです。

第21章 たった68秒で現実化が始まる

対象に何秒か焦点を定めただけで、あなたの中でその対象の波動が動き出し、ただちに〝引き寄せの法則〟が反応します。関心を長く向ければ向けるほど、そこに焦点を定め続けるのは楽になります。

17秒間、何かに焦点を定めていれば、それと一致する波動が動き出します。焦点がさらに絞られて波動が鮮明になってくると、それと一致する別の思考がもたらされます。

この段階では波動にそれほど引力はありませんが、長く焦点を定め続ければ、波動はより遠くまで届くようになります。68秒間、焦点を定めていれば波動は十分な力を持ち、現実化が始まります。

短期間（状況に応じて数時間あるいは数日）に繰り返し68秒以上思考し続ければ、その思考が優勢になります。すると、その思考が別の思考に変更されるまで、その思考と波動が一致するものが現実化します。

次のことを覚えていてください。

- あなたが考えることが引き寄せの作用点となる。
- 望もうが望むまいが、考えたことが手に入る。
- 思考は波動であり、その波動は〝引き寄せの法則〟によって答えを与えられる。
- 波動が広がってさらに強力になれば、やがて現実化するだけの力を持つ。
- あなたが考えること（感じること）と経験に現れることは、常に波動が一致する。

なぜ制御できない思考を恐れなくていいのか？

〝引き寄せの法則〟を理解して受け入れると、多くの人がまず自分の思考に不安を覚えます。制御されていない思考がたった今、何かを引き寄せているかもしれない不安におちいるのです。でも、心配はいりません。〝引き寄せの法則〟は強力ですが、あなたの経験の基本は〝無上の幸福〟です。

思考には磁力があり、関心を向けると強くなりますが、いやな気分に気づいてすぐに抵抗の少ない思考を選ぶことで、より望ましい結果を選ぶ時間は十分にあります。

第22章 感情のスケール

感情によって波動の周波数が異なります。より正確にいうと、感情はあなたが放つ波動の周波数を示しているといえます。「感情は〝ソースエネルギー〟との同調の程度を示し、気分がよければ望むものとの同調を認めている」ということを思い出せば、どう対応すればいいかを理解しやすいでしょう。

〝ソースエネルギー〟と無条件に同調しているなら、あなたは次のことを知っています。

- あなたは自由である。
- あなたには力がある。
- あなたは善である。
- あなたは愛である。
- あなたには価値がある。
- あなたには目的がある。

すべてはうまくいく。

あなたの本質の理解につながることを考えているとき、あなたは本当のあなたと全面的に同調しています。この思考がもたらす感覚が、「つながった」という究極の感情です。〝ソースエネルギー〟とのつながりを許可している状態から、そのつながりを許可していない状態までを段階的に示す目盛りのあるスケールを想像してみてください。

あなたの感情のスケールは次のようになります。

感情のスケール

1. 喜び／気づき／力があるという感覚／自由／愛／感謝
2. 情熱
3. 熱意／意欲／幸福
4. 前向きな期待／信念
5. 楽観的な姿勢
6. 希望
7. 満足
8. 退屈
9. 悲観的な姿勢
10. 不満／苛立ち／焦り
11. 打ちのめされている状態
12. 失望
13. 疑い
14. 心配
15. 非難
16. 落胆
17. 怒り
18. 復讐心
19. 嫌悪／憤り
20. 嫉妬
21. 不安／罪悪感／自信喪失
22. 恐れ／悲しみ／うつ状態／絶望／無力感

ここにある感情を表す言葉が、誰にとっても完全に正しいわけではありません。事実、感情を言葉で表すことは混乱を招き、〝感情のスケール〟の本来の目的からそれてしまいかねません。

重要なのは、よりよい気分に意識的に至れるようにすることです。どんな言葉で感情を表すかは重要ではありません。

感情のスケールは意図的に上ることができる

ひどい気分になる出来事があったとしましょう。何を聞いても、何をしても気分が悪く、息が詰まりそうで、そのことを考えるたびにつらくなります。停滞したその感情を言葉にするとしたら「うつ状態」でしょう。

何かに専念できれば、気分は改善するかもしれません。悩ましい問題を頭の外に追い出して仕事に集中できれば、気分は晴れるかもしれません。うつ状態から解放してくれる思考はたくさんあります。波動の関係でその大半に今すぐ至ることはできません。ですが、気分のいい思考を見つけたいなら、また、その思考がどう感じるかに意識的に気づいているなら、今すぐ〝感情のスケール〟を上り始めることができます。

それは考えるプロセスであり、新しい思考が前よりも解放感を与えてくれるかどうかを評価するプロセスです。少しでも解放感を高めることを目指して、考えて感じるという手順を繰り返してください。

誰かに腹立たしいことを言われた、もしくは約束を守ってもらえなかったとしましょう。この腹の立つ話題に関心を向けると、うつ状態からいくらか気分が楽になるはずです。この話題について考えている最中は息苦しさが消えます。

〝感情による誘導システム〟を効果的に使うために重要なことがあります。立ち止まって、あなたが選んだ「怒り」の思考は、その前に味わっていた息苦しいうつ状態より気分が楽だということを受け入れるのです。波動が改善したことを認めると、無力感がやわらぐはずです。本当のあなたとの全面的なつながりを取り戻すために、あなたは〝感情のスケール〟を上っているのです。

うつ状態や恐れといった抵抗の強い波動から、苦痛がやわらぐ怒りの思考を、本能的に、あるいは無意識に見つけたとします。ところが、怒るのはよくないと言い聞かせようとする人が大勢いて、怒りを抑えるように何度も忠告してきます（もちろん、彼らはあなたではないので、怒りがもたらす気分の改善を感じることはできません）。すると、あなたは元のうつ状態に戻るしかありません。

ですが、怒りを選んで気分が楽になると少しでも気づいたなら、怒りからより抵抗の小さい「不満」などの感情にも移行できるとわかるはずです。そのあとさらに〝感情のスケール〟を上っていき、全面的に〝ソース〟と同調した状態に戻れます。

少しでも気分が楽になることの価値とは？

あなたが今どこにいるかも、どこに行きたいかもわかっており、行きたい方向に向かっているかどうかを確認する手段があるなら、あなたをその場に留めておくことはできません。**一見、人生が思いどおりにならないように見えるのは、たいていの場合、どこに向かっているかがわかっていないからです。**

感情には2種類しかありません。気分のいい感情と気分の悪い感情です。感情のスケールの各段階は、〝ソースエネルギー〟とのつながりを許可している程度を示しているにすぎません。

意識して気分を少しでも改善できれば、そこには価値があります。少しでも気分がよくなれば、あなたはコントロールの手段を取り戻したのかもしれません。コントロールが足りずに、あなたの本来の力とのつながりを十分に取り戻せていないとしても、自分が無力だと感じることは二度とないでしょう。ですから、感情のスケールを上っていくことは比較的簡単なのです。

怒りを選ぶことが適切なのか?

ふさぎ込んでいる人が、怒りの思考がもたらす解放感に意識して気づけるとしたら、また、その人が怒りの思考をあえて選んだことに気づけるとしたら、自分には力があるという感覚をただちに取り戻して、うつ状態は消えるでしょう。もちろん、その人が怒りに留まらないことは重要です。ですが、その怒りの場から、今度はより苦痛がやわらぐ「不満」という思考に至ることができます。

感情の波動の内容（すなわち感情とは何か、なぜ感情が湧くのか）を理解せずに、怒りをあらわにする人に熱心に忠告する人は少なくありません。怒っている人がそばにいると楽しくないので、元の無力なうつ状態に戻ってほしいと身勝手に思うのです。うつ状態はたいてい内に向かいますが、怒りはそばにいる人に向かうことが多いからです。

怒りの思考の選択があなたにとっていいことかどうか、外からはわかりません。どの思考が適切かは、そのとき味わう解放感によるもので当人にしかわからないのです。感覚を頼りに自分で自分を導く決意をしないうちは、願望に向けて着実に進むことはできません。

あなたを見守る人は、あなたが怒りの状態に留まるつもりはないと知れば安堵するかもしれません。あなたは「怒り」を通り越し、「不満」や「打ちのめされている状態」を通り越し、「楽観的な姿勢」をも通り越して、すべてうまくいくという「前向きな期待」に向かうつもりだとわかれば、あなたが今いる場所に我慢してくれるかもしれません。

生きていくための仕組みとして、うつ状態や恐れといった無力感から怒りへと自然に移行する人は大勢いますが、怒りはよくないと家族や友人やカウンセラーに責められると、またもや無力感にさいなまれ、もう一度うつ状態から怒りに移行するという流れを繰り返すようになります。

自分には力がありコントロールしているという感覚を取り戻すには、「気分がよくても悪くても、その状況に最善を尽くす」と、たった今、決意することです。今すぐ到達できる最高に気分のいい思考を求め、そのプロセスを何度も繰り返せば、あなたはまもなく素晴らしく気分のいい場所にいることに気づくでしょう。

感情を少しずつましな感情に移行させるために

「たった今、私は最高に気分のいい思考を見つけようとしています。さらなる解放感を求めます」と宣言しましょう。

次のことを覚えていてください。

- 憤りを感じると、うつ状態、悲しさ、絶望、恐れ、罪悪感、無力感から解放される。
- 復讐心が湧くと、憤りから解放される。
- 怒りが湧くと、復讐心から解放される。
- 他人のせいにすると、怒りから解放される。
- 打ちのめされているとき、他人のせいにする気持ちから解放される。
- 苛立ちが湧くと、打ちのめされている状態から解放される。
- 悲観的になると、苛立ちから解放される。
- 希望が湧くと、悲観的な見方から解放される。
- 楽観的になると、希望にすがっている状態から解放される。
- 前向きな期待が湧くと、楽観的になるしかない状態から解放される。

喜びを覚えると、前向きに期待するしかない状態から解放される。

やがて〝感情による誘導システム〟が何を伝えようとしているかがわかるようになります。少しでもましな感情がもたらす解放感を求め続けると決意すれば、だいたい気分はよくなり、望むものをすべて経験に招き入れると許可できるようになるでしょう。

あなたの身に起こるあらゆることを理解するには、自分の感覚に注意を払いましょう。**あなたがどう感じるかは、自分の経験に何を引き寄せているかを示す唯一の尺度となります。**

何も願わないことを願う人はどうなのか?

私たちは願望の感覚を「新しい可能性への気づき」と表現します。願望とは成長を期待する自由で新鮮な感覚です。それはあなたの中を流れる生命の感覚です。

ですが、多くの人は願望という言葉を使うとき、まったく別のイメージを抱いています。彼らは願望をあこがれのようなものと感じています。経験したり所有したりしたい何かに焦点を定めると、それがないことに気づくため、彼らは願望という言葉を使っていても、欠乏の波動を放っているのです。そして願望の感覚とは、ないものを求める感覚だと考えるようになるのです。

多くの人が今はまだ十分に経験できない物事を求めており、ことによると、その願望を長く抱き続けています。彼らは望むものについて考え、それがない状態について考えます。やがて、それが願望の感覚だと思い込むようになります。しかし、それは純粋な願望ではなく、抵抗のある願望です。彼らが放つのは欲しいものに関する波動ではなく、欲しいものがない、もしくは足りないという波動です。

彼らは自分のしていることに気づかないまま、願望から離れた場所の波動に留まっており、やがて欲しいものが手に入らないという満たされない停滞した感覚が願望の感覚だと信じるようになります。

こう言った人がいます。

「願望を持つことはよくないと教わりました。願望があると、目指すべきスピリチュアルな〝存在〟になることが阻まれるので、幸福は一切の願望を手放せるかどうかで決まると教えられました」

そうはいっても、あなたが幸福になること、あるいはスピリチュアルな存在になることも願望ではありませんか？

私たちはあなたを願望に向かうように、もしくは願望から遠ざかるように導こうとしているのではありません。願望は今いる場所での経験から自然に生まれることを理解できるように助けるのが私たちの仕事です。あなたが〝ソース〟と完璧に同調し、願望を実現できるように助けるのが、私たちの願いです。

あなたがいやな感情を味わっているのは、現在の波動と願望の波動に開きがあるからであり、願望を手放せば気分がよくなると助言する人が、なぜそんなことを言うのかは理解できます。しかし、願望を手放すことであなたの波動を〝ソース〟と同調させるのは困難です。〝ソース〟と同調して気分をよくするには、抵抗を手放すほうがずっと簡単です。

まだ実現する時期ではない願望と、まもなく実現する願望の違い

想像力は、必然的な次のステップが少しでも早く実現するのを助けます。問題があれば想像力で解決でき、あれもこれも自分の手で組み立てる必要はありません。全部、頭の中でできることとです。あなたの壮大な夢がしっくりきて、その実現が必然的な次のステップだと感じるまで想像力を働かせ続けるのです。

たとえば、ある母親と娘が景色のいい土地にすてきな家を買い、快適な民宿を営《いとな》もうと

考えていたとします。娘は言いました。

「この夢をかなえる方法さえ見つかれば、私は一生幸せになれるはず。この夢がかなえば、望んでも実現しなかったあらゆることを埋め合わせてくれるのに」

彼女の願望の波動はまだ、この経験の実現を許可するのに必要な純粋な場所にたどり着いていません。願望が大きすぎて手が届かないと感じるなら、まだ実現する時期ではないのです。必然的な次のステップだと感じられる願望なら、まもなく実現します。

感情をコントロールできると感じられたら？

あなたの波動が、今すぐ〝宇宙の力〟に許可を与えて願望をかなえられる場所にあるかどうかは感覚でわかります。実践するうちに、まもなく願望が実現するか、それ以前の段階にいるかがわかるようになります。大事なのは、自分の感覚を意のままに変えられれば楽しい、ということです。

●あなたは願望を明らかにするのに役立つ多様な環境に置かれることを楽しみ、あなたの見方から生じ、あなたから流れてくる願望の感覚を楽しめるようになります。

●あなたの波動が願望と一致していないことに気づいている感覚を楽しみ、意識して自分の波動を願望と同調した状態へと戻す感覚を楽しめるようになります。

●〝無上の幸福〟の感覚が湧けば、疑いが消えて解放感を覚えるでしょう。

●これから起こることを察知するのが楽しくなり、物事がふさわしい場所に収まり始める様を眺めるのが楽しくなり、願望の実現を目にすることが好きになるでしょう。

●意図的に願望を生み出して実現させたことに気づいて、うれしくなるでしょう。

●自分の経験の成果と繰り返し同調するときの感覚を好きになるでしょう。

〝宇宙〟は、生きる意欲を与えてくれる新たな願望をあなたの内に生むために存在します。自分の願望の流れに乗るとき、あなたは本当に生きていると感じ、また本当の意味で生きることになるでしょう。

Ⅱ

思考を現実化する22の実践

22 のプロセスで引き寄せの作用点を改善する

ここまで読み進めて、あなたはすでに知っていたはずのことをたくさん思い出したことでしょう。あなたは自分が〝ソースエネルギー〟の延長であることを思い出し、また、思考をこれまでとは違う場所へと楽しみながら運ぶために、この身体へ、この〝思考の先端〟の時空間へとやって来たことを思い出したのです。

あなたがなれないもの、できないこと、所有できないもの は何もないことを思い出し、また主に気分がよくなることを意図して、あなたが今いる場所を最大限に活用しようと努めれば、自然な喜びの状態に必ずたどり着けることを思い出しました。

自分の過去、現在、未来のいずれについて考えていても、あなたは波動を放っており、それが引き寄せの作用点となることを思い出しました。

〝引き寄せの法則〟は常に公正であり不正はない、なぜならあなたに近づいてくるものはすべて、あなたの思考が放つ波動に応えられた結果だからだ、ということを思い出しました。

そして、もっとも重要なことは、〝無上の幸福〟があなたの世界の基本であり、それを受け入れるかぎり、あなたは〝無上の幸福〟を経験すると思い出せたことです。それを許可することも拒絶することもできますが、**あなたが焦点を絞って求めさえすれば、望む健康、豊かさ、思考の明晰さ、あらゆるよいことの〝流れ〟だけが流れます。**

抵抗のパターンを手放す方法

あなたが今の生活にあらゆる点で満足しているなら、この先を読む必要はないかもしれません。しかし、改善したい部分、欲しいのにないもの、もしくはいらないから手放したいものがあるなら、これから紹介するプロセスが大いに役に立つでしょう。

抵抗する思考の習慣は、望む物事を許可するのを妨げる唯一の要素です。抵抗する思考のパターンは故意に習得したわけではなく、これまでに少しずつ身につけてきているのです。

いずれのプロセスも、この抵抗のパターンを少しずつ手放せるように助けてくれます。**抵抗のパターンは一度に身につけたわけではないので、一度に手放すことはできません。**だとしても、いずれは手放せます。あなたはプロセスごとに、一日ごとに、少しずつ自然に〝無上の幸福〟を受け入れられる態勢に着実に戻っていけます。

あなたは生まれつき備わった自信と確信に支えられて「私は、自分にとって自然な〝無上の幸福〟が流れてくるように許可する方法を見つけました。〝許可する技〟の実践法を学んだのです」と人に説明できるようになるでしょう。

22のプロセスを利用する前に

プロセスを実践する前に、先に全体に目を通しておくといいでしょう。すぐに役に立ちそうなものは実践してみたくなるはずです。気になる項目には目印をつけておき、時間のあるときに実践してみてください。

思いつくままにどのプロセスを実践しても得るものがあるはずです。いずれも抵抗を手放し、波動を上げるのに役に立ちます。ですが、あなたの願望のパワーと現在の抵抗の度合いによっては、特定のプロセスに効果があります。

プロセスの中には、願望にはっきりと焦点を定めるのを助けて、引き寄せの作用点をさらに強化してくれるものがあります。しかし、あなたが強く抵抗している最中なら、より多くの〝エネルギー〟を集めるプロセスは逆効果かもしれません。

前に時速150キロで車を運転中に木にぶつかるたとえ話をしました。このたとえ話では、車の速度はあなたが願望によって集めている〝創造のエネルギー〟、木は矛盾する思考、すなわち抵抗に相当します。この場合の唯一の対処法は車の速度を落とすことだと考えがちですが、私たちは行く手にある木を取り除くことを勧めます。

前方に木のない状態で、慣れた速度で人生を進む以上に楽しいことはないからです。

気分をよくすることから始めよう

誰でも経験に応じた感情を味わっており、今から実践するのにどのプロセスがふさわしいかを知る鍵は感情となります。

始める前に、今どう感じているか、そしてどう感じたいかを知っておきましょう。各プロセスの最初に、どんな感情が湧いたときに使うといいかを示しました。今感じていると思う感情に当てはまるプロセスから取り組むとよいでしょう。

特定の経験を目指したプロセスもあります。たとえば、金銭面や健康面の〝無上の幸福〟を高めることを目指します。ですが、大半のプロセスは状況を問わずに使えます。

これらのプロセスを実践すれば、必ず気分がよくなります。気分がよくなれば抵抗を手放すことになり、それによって引き寄せの作用点も改善します。すると、〝引き寄せの法則〟があなたの波動が変化したことを示す、確かな証拠となる状況、出来事、人間関係、経験、感覚をもたらします。

気に入るプロセスがきっとあるはずです。楽な気持ちで取り組んでください。

自分の放っている波動を知るには

自分の経験を意識してコントロールするのに感情は重要です。もちろん、幸せな人生を維持するにも感情は重要です。本当の感情を隠して、別の感情を味わっているふりはしないほうがいいでしょう。そんなことをしても引き寄せの作用点は変わりません。

過去の出来事を思い出すとき、将来起こるかもしれないことを想像しているとき、たった今何かを観察しているとき、あなたはそこに〝エネルギー〟を向けています。過去、現在、未来のどこに焦点を定めているかに関係なく、〝エネルギー〟を注いでいるのです。**関心を向けて焦点を定めれば、あなたは波動を放っており、それが引き寄せの作用点とな**

ります。

何かを考え、思い出し、想像するとき、あなたの中で波動が生じます。同じ思考に戻ると、再び同じ波動が生じます。繰り返しその思考に戻れば、それだけその波動になじんで生じやすくなり、やがてそれがあなたの優勢な波動のパターンとなります。すると、それと波動が一致する物事が周囲に現れ始めます。

あなたがどんな波動を放っているかを知る確実な方法が２つあります。

●自分の人生に何が起きているかに気づく
（焦点を定めているものと実現するものは必ず波動が一致します）

●自分がどう感じているかに気づく
（感情は、あなたの放つ波動や引き寄せの作用点についての情報を絶えず与えてくれます）

意図的な創造者であると自覚する

あなたがこれまでに考え、感じてきたことと、今実現していることを関連づけるのはいいことです。その関連性に気づけば、より満足のいくものを引き寄せるために思考を意図的に変えられるようになります。しかしながら、〝意図的な創造〟が深い満足を与えてくれるのは、思考しているときの自分の感覚に敏感になったときです。**敏感になると気分の悪い思考を気分のいい思考に変えることができ、望まないことが実現する前に引き寄せの作用点を変えられます。**作用点を変えるのは、望まないことが実現しないうちのほうが簡単です。

〝意図的な創造〟とは、気分のよくなる方向に思考を導くことだと理解できるようになります。あなたは気分のいい思考を選ぶことに満足し、その後に訪れる気分のいい現実化を目にしてうれしくなるでしょう。気分のよくない思考に気づき、その後あまりうれしくない現実化を目にしたとしても、幾分満足できるようになります。それが〝引き寄せの法則〟の結果だと気づくことで、コントロールする力を手にしたと思えるからです。**思考および感覚と、今実現していることを関連づけないかぎり、自分の身に起きることを意図的にコントロールすることはできません。**

他者をコントロールすることはできない

たいていの人は、素晴らしいものを観察すれば素晴らしい気分になり、ひどいものを観察すればひどい気分になります。しかし、彼らはすでに観察した状況を変えることはできないし、それについての感じ方も変えられないと信じています。

大勢の人が時間をかけて状況をコントロールしようとします。そうすれば気分がよくなると信じているのです。ですが、他者の行動をどれだけ思いどおりにできるようになっても満足のいくことはありません。コントロールできない状況が必ずまた現れるからです。**あなたには他者の人生を創造する力はありません。**彼らは彼ら独自の波動を放っており、それが彼らの引き寄せの作用点となるからです。

思考を変えられる範囲とは?

こう言う人がいます。

「〝意図的な創造〟の話は聞くと簡単そうなのに、実践すると、なぜこれほど難しいの?　自分の思考をコントロールするのがどうしてこれほど大変なの?　まるで自分の思考に操られているみたい!」

〝引き寄せの法則〟は強力だということ、また、現在のあなたの波動と違いすぎる思考を保持するのは不可能だということを思い出してください。**あなたは現在の自分の波動の範**

囲内にある思考にしか手を伸ばせません。

友人があなたを励ましたり、しつこく迫ったりして、気分のいい思考へと導いてくれることもありますが、そのような励ましやしつこさがいやになることもあります。あなたの気分をよくすることに友人が成功したとしても、たいていの場合、せいぜいあなたがすでに同調している範囲内でのことです。波動を狭い範囲内で変えるのは簡単ですが、波動を大きく飛躍させるのは難しく、場合によっては不可能なのです。

プロセスの目的は抵抗を手放すこと

このあと、いよいよ引き寄せの作用点を改善するためのプロセスを紹介していきます。プロセスに1～22まで番号をふりました。今、あなたの波動が〝無上の幸福のソース〟とより強く同調しているなら、完全な同調を目指すには小さい数字のプロセスが効果的です。現在の波動が〝ソース〟との同調から離れているなら、同調し直すには大きい数字のプロセスが効果的です。

あなたが普段、〝無上の幸福のソース〟としっかり同調しているなら、12以降はほとんど使わないでしょう。しかし、何かの事情であなたの波動がいつものつながりの範囲から外れたときは、大きい数字のプロセスが役に立つかもしれません。

感情の現在地点を変えて、気分をよくする

以前に何かでいい気分になったのがいつだったか思い出せないとします。これまでの人生を通して、あなたは自分を〝無上の幸福〟とのつながりの外に留めておくことが身についてしまっているのかもしれません。

その場合、1〜6のプロセスではまったく解放感が得られないかもしれません。最後のプロセスから始めても、わずかな解放感しか得られないかもしれません。ですが、気分がどれくらいよくなるかはどうでもいいのです。

大事なのは、たとえわずかでも意識して解放感を見つけ、その解放感は努力することで訪れたのだと理解することです。少しでも解放感が湧いたなら、自分の経験を創造的にコントロールする力を取り戻せたということで、あなたは目指す場所に向かっています。

プロセスを始めて数分たっても始める前と比べて気分がよくならなければ、途中でやめて、もっと数字が大きい別のプロセスを選んでください。

楽しんで取り組めば抵抗はやわらぐ

プロセスの成功は、抵抗を手放せるかどうかにかかっています。楽しみながら取り組めば抵抗はやわらぎます。

これらのプロセスは〝感情の現在地点〟を移行させ、引き寄せの作用点を変えるのに役に立ち、ただちに改善が見られます。初日から改善するかもしれません。その後も続ければ、人生のあらゆる局面で引き寄せの作用点が改善するでしょう。

どのプロセスも、無意識のうちに、あるいは何もせずに現実を創造する人から、意図的に現実を創造できる人へと変われるようにあなたを助けます。プロセスに取り組むことで人生のあらゆる局面を正確にコントロールできるようになります。

プロセス1
感謝する

いつ使うか

- いい気分をもっとよくしたいとき
- 誰か、もしくは何かとの関係を深めたいとき
- 気分のいい感情の現在地点を維持したいとき
- 今のいい気分を維持したい、あるいはもっとよくしたいとき
- 感情の現在地点を上げる事柄に焦点を定めたいとき
- 車を運転中、歩行中、あるいは列に並んでいる最中に生産的なことをしたいとき
- いやな感情が湧きそうなときに、自分の波動をコントロールしたいとき
- あなたの思考、もしくは一緒にいる誰かの言葉がよくない方向に向かう恐れがあり、その方向をコントロールしたいとき
- いやな感情が湧いていることに気づいていて、気分を変えたいとき

感情の現在地点

このプロセスは、《感情の現在地点》が1～5の範囲にあるときに特に効果があります

（〝感情の現在地点〟がわからなければ、第22章〝感情のスケール〟の22項目に目を通してください）。

感情のスケール

1. 喜び／気づき／力があるという感覚／自由／愛／感謝
2. 情熱
3. 熱意／意欲／幸福
4. 前向きな期待／信念
5. 楽観的な姿勢
6. 希望
7. 満足
8. 退屈
9. 悲観的な姿勢
10. 不満／苛立ち／焦り
11. 打ちのめされている状態
12. 失望
13. 疑い
14. 心配
15. 非難
16. 落胆
17. 怒り
18. 復讐心
19. 嫌悪／憤り
20. 嫉妬
21. 不安／罪悪感／自信喪失
22. 恐れ／悲しみ／うつ状態／絶望／無力感

あなたが今、感じているのが「前向きな期待」だとしましょう。「前向きな期待」は感情のスケールの4にあたり、すなわち〝感謝する〟プロセスに適した〝感情の現在地点〟の範囲にあり、このプロセスは今のあなたにとって特に有効です。

このプロセスはいつ、どこででも実践できます。頭の中で思考を快適な方向に定めるだけの簡単なものです。思考を紙に書き出せばより効果的ですが、必須ではありません。

周囲に目を向けることから始めて、喜びを与えてくれるものに少しずつ気づいていきます。心地よい対象に関心を向け続け、それがどんなに素晴らしいか、美しいか、役に立つかを考えてみましょう。長く関心を向けているうちに、その対象についての肯定的な感覚が増します。

気分がよくなったことに気づいたら、その感覚を認めましょう。最初と比べていい気分が強くなったら、次に肯定的な関心を向ける対象、喜びを与えてくれる対象を選びます。

感謝の気持ちが無理なく湧いてくる対象を選びましょう。これは問題を見つけて正すのが目的ではなく、より高い波動を実践するプロセスです。気分のいい物事に長く焦点を定めていれば、それだけ気分のいい波動を保つのが楽になります。

一日を通して感謝する対象を見つけるのが第一の目的なので、**あなたは抵抗の小さい波動を実践することになり、あなたと〝ソースエネルギー〟とのつながりは強まります。**

感謝の波動は、物質世界のあなたと〝見えない世界の本当のあなた〟とをしっかりとつなぐので、あなたは〝内なる存在〟からのより明確な導きを受け取れるようになれます。

何かに感謝すればするほど、あなたの波動の抵抗は小さくなります。また、このプロセスを実践することで、あなたはより高い波動の感覚になじみ、波動に抵抗が生じるようなかつての会話のパターンに戻っても、抵抗がそれほど強くない初期段階で気づけます。

感謝する対象が増えれば気分がよくなり、気分がよくなればますます感謝したくなる好循環が生まれます。本当のあなたと楽しく同調した状態であなたの心が歌い出すまで、この肯定的な思考と感覚の確かな流れを〝引き寄せの法則〟が助けます。

抵抗がまったくない、最高に気分のいいこの波動で、あなたは許可を下す場に立ちます。すると、望むものが経験にやすやすと流れてくるという波動の状態に入ります。

このプロセスを始めたときに目指した高い波動に十分に近づき、いい気分へと短時間で楽に上がっていけるようになれば、時間が許すかぎり、またいい気分が続くかぎり、〝感謝する〟プロセスを続けてください。

このプロセスを試しても気分がよくならない、あるいは楽しい思考から別の楽しい思考へと焦点を定めていっても流れに乗れず、不愉快だと感じたなら、中断して数字の大きいプロセスを選んでください。

〝引き寄せの法則〟について、あるいは〝ソースエネルギー〟とのつながりについて何も理解していなくても、このプロセスを実施すれば、知らないうちに〝許可する技〟を実践することになります。**感謝する態度でいる間は、あなたの波動に抵抗は生じません。**

このプロセスで、あなたは求めたものが自分の経験に現われるのを許可する波動を保てるようになります。あなたは日々の経験の中で求め続けていて、それに〝ソース〟が例外なく応えています。あなたは〝感謝する〟態度で願望の受け取りを実践しています。そして今、あなたは〝創造〟のプロセスの最終ステップに取り組んでいるのです。

最初はこのプロセスに一日10～15分、あてるとよいでしょう。数日間、高い波動を意図的に保つことの恩恵が感じられたら、あまりの心地よさに毎日、短時間ずつ何度でも実践できるようになるはずです。

たとえば、郵便局で順番待ちをしながら、次のように考えるかもしれません。

この建物はとてもすてき。
この場所はいつも清潔に保たれていて素晴らしい。
郵便局の職員が親切でうれしい。
お母さんと子どものやりとりがほほえましい。
今日も順調だわ。

あるいは車で通勤中に、こう考えるかもしれません。

私はこの車が気に入っている。
この新しい高速道路は快適だ。
雨が降っていても、楽しい時間を過ごしている。
私の車は頼りになる。
私は自分の仕事に感謝している。

感謝する対象に焦点を定めて、別の理由を見つけてもいいでしょう。たとえば、次のように。

この建物はとてもすてき。
前の郵便局よりも駐車スペースがずいぶん増えた。
カウンターも増えて、順番待ちの時間が短くなった。
窓が大きくて解放感がある。
この新しい高速道路は快適だ。

信号がないので、速度を落とさずにすむ。

以前よりもかなり速く走れる。

途中で美しい景色を楽しめる。


感謝する対象を見つけることに心が向くようになると、あなたの一日は感謝できる物事にあふれているのに気づくでしょう。感謝する思考と感情が自然に湧いてくるようになります。誰かや何かに対して純粋な感謝を感じている最中に、たびたび鳥肌が立つようになります。それは、あなたと〝ソース〟との同調を証明する感覚です。

エイブラハム、このプロセスについてもっと教えてください

何かに感謝し、称賛し、気分がよくなるたびに、あなたは〝宇宙〟に「感謝できる対象をもっと与えてください」と言っているのです。とはいえ、このような思いを口にする必要はなく、あなたがいつでも感謝ばかりしているなら、あらゆるいいことが流れてきます。

たびたび次のような質問を受けます。

「感謝するというよりも、愛という言葉のほうがふさわしくありませんか？　愛のほうが

〝見えない世界のエネルギー〟をうまく表現してはいませんか？」

愛と感謝は波動が同じです。ありがたいという感覚で表現する人もいますが、いずれの言葉も〝無上の幸福〟を言い表しています。

感謝したいという思いは最初のステップとして好ましく、「ありがとう」と言いたくなる対象が増えれば、たちまち勢いが生まれます。感謝の気持ちを感じたいと思えば、その対象が引き寄せられます。感謝すれば、他の感謝の対象が引き寄せられ、やがてあなたは次々に〝感謝する〟ようになります。

――他者の感じ方は変えられない――

怒り、失望、あるいは苦しみを表現している不幸な人に出会う日があるかもしれません。そんな人にいやな感情を向けられたら、彼らに感謝するのは難しいかもしれません。いやな感情を向けてきた人に感謝できるだけの強さがないという理由で、あなたは自分を責めるかもしれません。私たちは何も、望まないものを直視して、いい気分でいなさいとは言いません。そういう対象と出会ったら、気分がよくなるものを探してください。

感謝する対象を探しているとき、あなたは自分が放つ波動と引き寄せの作用点を変えようとしていますが、人にどう思われるかに反応していては変えられません。それよりも、自分がどう思うかに興味を持てば、自分の経験をコントロールできます。
今日、彼らの離婚の原因を作ったのが誰か、彼らの銀行口座から金を盗んだのが誰か、あなたは知りません。あなたは彼らが生存していることすら知りません。よって彼らが否定的な反応を示す理由もわかりません。あなたはその状況をコントロールできないのです。
自分の気分がよくなる以上に重要なことはないと決意すれば、また、今日は感謝する対象を意識して探そうと決意すれば、あなたが関心を向けた対象が感謝の気持ちをもたらしてくれます。

――人生経験は、あなたの送るエネルギーに左右されている――

あなたの経験に影響を及ぼすのは〝エネルギー〟をどう送っているかだけだということを理解せずに、チャンスや運や偶然や統計が経験を左右すると考えているとします。その場合、たとえば殺人犯が逃走中で、車から発砲しているとニュースで知ったとしたら、あなたの幸せ、すなわち〝無上の幸福〟は犯人の行動に左右されると考え、自分は無防備だと感じるでしょう。あなたの〝無上の幸福〟が犯人の行動によって決まり、あなたにはその男をコントロールできず、男の居場所もわからないとなると、無防備だという思いはいっそう強くなります。

〝エネルギー〟とつながる価値を感じてください。そのためのいちばん手っ取り早い方法が感謝することです。〝エネルギー〟とつながりたいという思いが強くなれば、感謝の気持ちを湧き起こす方法はいくらでも見つかるでしょう。

悪い人が戻ってきても状況は変わらないと思い出すのです。さもないと、あなたは守りの態勢に入ってしまいます。その態勢で感謝することはできません。感謝することに集中していれば、感謝する気持ちはすぐに戻ってきます。感謝の気持ちが戻ってくるのを期待するのではなく、その気持ちを意図的に自分の中に湧き出させるのです。

望まない物事に気づいたら、実現してほしいものに対する願望はより明確になるはずです。あなたは〝感謝する〟プロセスを実践してきているので、意識を欲しくないものから欲しいものへと簡単に移すことができるでしょう。

プロセス2
魔法の創造の箱

いつ使うか

▒創造のエネルギーを、あなたの願望へと集中させてくれる、楽しい活動を始めたいとき
▒あなたが望んでいることを〝宇宙のマネージャー〟に詳しく伝えたいとき

感情の現在地点

このプロセスは《感情の現在地点》が1～5の範囲にあるときに特に効果があります（〝感情の現在地点〟がわからなければ、第22章〝感情のスケール〟の22項目に目を通してください）。

感情のスケール

1. 喜び／気づき／力があるという感覚／自由／愛／感謝
2. 情熱
3. 熱意／意欲／幸福
4. 前向きな期待／信念
5. 楽観的な姿勢
6. 希望
7. 満足
8. 退屈
9. 悲観的な姿勢
10. 不満／苛立ち／焦り
11. 打ちのめされている状態
12. 失望
13. 疑い
14. 心配
15. 非難
16. 落胆
17. 怒り
18. 復讐心
19. 嫌悪／憤り
20. 嫉妬
21. 不安／罪悪感／自信喪失
22. 恐れ／悲しみ／うつ状態／絶望／無力感

このプロセスは、すてきな箱を見つけるところから始まります。まずは箱の蓋のよく見える位置に「この箱に入っているものはすべて〝存在する〟」と書きます。

次に、雑誌、カタログ、パンフレットなどのページをのんびり眺め、実現してほしいものを探します。どんなものでもいいので願望を具体的に示す画像を切り抜きます。家具、服、風景、建物、旅行の目的地、車などの写真、身体の特徴の画像、人と人が交流している写真など、魅力を感じたら切り抜いて箱に入れます。そして、「この箱に入っているものはすべて〝存在する〟」と宣言します。

箱がそばにないときは、画像を集めておいて後で箱に入れるといいでしょう。また、経験したい出来事を目にしたら、その説明を紙に書いて箱に入れましょう。

箱に入れるものが増えれば、〝宇宙〟はそれと波動が一致する他のアイディアを与えてくれます。アイディアが増えると、願望の焦点がどんどん定まっていきます。すると、さらに活力が湧いてくるでしょう。

あなたの抵抗が小さいかまったく抵抗がない場合、すなわち箱に入れた願望の実現を疑っていない場合、この作業は元気を与えてくれるでしょう。切り抜きが増えれば気分がよくなり、願ったものが近づいてくる証拠を目にするようになります。

このプロセスは願望の焦点を絞るのを助け、ステップ1の「求める」作業（第10章）を意識して展開するようになり、抵抗がなければ願望はほどなく実現し始めます。

素晴らしい人生を創造するのに必要なプロセスはこれだけです。

エイブラハム、このプロセスについてもっと教えてください

あなたは椅子に座っていて、椅子の横に箱があるとします。きれいな大きい箱です。あなたは創造者であり、この箱はあなたの創造物です。いわば、あなたの世界です。

美しい家を持ってきて、好きな街に配置します。そして、あなたとパートナーが収入を得る手段を見つけてきます。あなたがしてみたいあらゆること、あちこちで見つけた美しいもの、高揚感や官能的な気分、欲しいと思うものすべてを持ってきて〝創造の箱〟に入れます。

このプロセスは頭の中だけでもできますが、実際に箱を用意して、願望を表すものを入れていくほうが楽しめます。抵抗のない対象を箱に入れるたびに、〝宇宙〟はすぐにそれをもたらしてくれることに気づくでしょう。抵抗のあるものを箱に入れると、実現までに時間がかかります。

〝魔法の創造の箱〟のプロセスは効果があります。ビジュアル化（頭の中でイメージを描く）の能力が高まるからです。人が放つ波動はたいてい、たった今、見ているものに反応した結果ですが、その際、彼らは自分が創造するものをコントロールしていません。**創造**

のコントロールは、意図的に思考することでしか発動しません。ビジュアル化しているとき、あなたは完全に創造をコントロールしています。

ある日、ヒックス夫妻がニューヨーク市からサンアントニオの自宅に戻る途中、エスターが〝創造の箱〟のプロセスをやってみました。道中、エスターは想像の世界でいろんなものを箱に入れました。たとえば、きれいな空や気持ちよく晴れ渡った一日です。この街は美しく、橋がいくつも架かっていて、水面が光を反射し、立派な建物がいくつもあります。エスターは笑顔を絶やさない客室乗務員や楽しそうな周囲の乗客のこと、移動中に楽しみにしていることなどを考えました。そのあとで国連ビルの会議のせいで道が混まないといいけど、と思いましたが、「これはふさわしくないから箱に入れるのはやめよう」と思い直して打ち消しました。

〝創造の箱〟に意図的に何かを入れていくと、経験したくないことを考えているとき、そのことに気づきやすくなります。箱とつきあううちに、あなたは思考の真の力に気づくでしょう。

プロセス3

創造のワークショップ

いつ使うか

■あなたにとっていちばん重要なことに焦点を合わせたいとき
■人生の主要な領域をより意図的にコントロールしたいとき
■あなたの人生にもっと素晴らしいものが流れ込むよう、さらに許可したいとき
■ポジティブな引き寄せの作用点が優勢になるまで、その作用点を保持したいとき

感情の現在地点

このプロセスは《感情の現在地点》が1～5の範囲にあるときに特に効果があります（〝感情の現在地点〟がわからなければ、第22章〝感情のスケール〟の22項目に目を通してください）。

感情のスケール

1. 喜び／気づき／力があるという感覚／自由／愛／感謝
2. 情熱
3. 熱意／意欲／幸福
4. 前向きな期待／信念
5. 楽観的な姿勢
6. 希望
7. 満足
8. 退屈
9. 悲観的な姿勢
10. 不満／苛立ち／焦り
11. 打ちのめされている状態
12. 失望
13. 疑い
14. 心配
15. 非難
16. 落胆
17. 怒り
18. 復讐心
19. 嫌悪／憤り
20. 嫉妬
21. 不安／罪悪感／自信喪失
22. 恐れ／悲しみ／うつ状態／絶望／無力感

他の大半のプロセスと同じく、これも紙に書くと効果的です。また、車を運転しながら、歩きながら、あるいは一人で誰にも邪魔されない時間ができたときに頭の中で取り組んでも効果があります。

まず紙を4枚用意し、1枚ごとに次の見出しを記入します。

「私の身体」

「私の家」

「私の人間関係」

「私の仕事」

最初のテーマ「私の身体」の下に「自分の身体に望むこと」と書きます。あまり考えすぎずに思いついたことを書き留めます。何も浮かばなければ次の項目に進んでください。

自分の身体に今望んでいて、心にすっと浮かぶことをいくつか挙げましょう。

〈私の身体〉自分の身体に望むこと
理想の体重に戻りたい。
すてきな髪型にカットしてもらいたい。
身体を丈夫にして健康になりたい。

次に、個々の願望に目を向け、その理由を書きましょう。

理想の体重に戻りたい。
●その体重の頃の気分が最高だったから。
●お気に入りの服が着られるから。
●服を買うのが楽しくなるから。

すてきな髪型にカットしてもらいたい。
●美しくなりたいから。
●カットがうまいと、あとの手入れが楽だから。

身体を丈夫にして健康になりたい。
●元気がみなぎる感じが好きだから。
●何でもやりたいことができる活力を保ちたいから。
●いい気分でいるのが好きだから。

〝創造のワークショップ〟は、あなたの人生に直接関わってくる重要分野に焦点を定めるのを助けてくれます。身体、家、人間関係、仕事というように、４つの基本テーマを特定すると、そこに〝エネルギー〟が集中します。

より具体的な言葉で願望を表明すれば、そのテーマを取り巻く〝エネルギー〟がさらに活性化されます。なぜ望むのか理由を考えると、そのテーマに関する抵抗がやわらぎ、その思考に明晰さとパワーが加わります。望む理由に目を向けると、望むものの本質が明らかになり、〝宇宙〟は常に願望の波動の本質をあなたへともたらしてくれます。

何かを欲する理由を考えると、だいたい抵抗は弱まりますが、望むものがいつどのようにやって来て、誰がそれを助けてくれるかを考えると、しばしば抵抗が増すものです。特に、これらの質問の答えがまだわかっていない場合にそうなりがちです。

それでは、「家」「人間関係」「仕事」の項目を完成させましょう。

あなたが今、自分の家について望んでいて、心にすっと浮かぶことを書いてください。

〈私の家〉自分の家に望むこと

すてきな家具を見つけたい。

部屋をきれいに片づけたい。

鍋をしまう可動棚が欲しい。

浴室にきれいなタイルを貼りたい。

次にそれぞれの願望の理由を書きます。

すてきな家具を見つけたい。

- 模様替えは楽しいから。
- 人をもてなすのが好きだし、家を快適にしたいから。
- 部屋の片づけが楽になるから。

部屋をきれいに片づけたい。

- 部屋がきれいだと気分がいいから。
- 片づいているほうが仕事がはかどるから。
- 部屋が片づいていると、家族が仲よく過ごせるから。

鍋をしまう可動棚が欲しい。

- 物が見つけやすくなるから。
- もっと料理をしたくなるから。

● 使い終わった鍋をすぐにしまえると便利だから。
浴室にきれいなタイルを貼りたい。
● 浴室が明るくなるから。
● 家の資産価値が上がるから。
● 掃除が楽だから。

あなたが今、人間関係について望んでいて、心にすっと浮かぶことを簡単に書いてください（今いちばん重要に思う人間関係を選んでください）。

〈私の人間関係〉自分の人間関係に望むこと

もっと一緒に過ごしたい。
もっと一緒に楽しみたい。
もっとたびたび外で食事をしたい。
もっとくつろいで一緒に遊びたい。

もっと一緒に過ごしたい。

- その人といるときに最高の自分になれるから。
- 楽しく語り合える話題がたくさんあるから。
- その人のことが大好きだから。

もっと一緒に楽しみたい。

- 一緒に楽しめることこそ、お互いもっとも気に入っている部分だから。
- 楽しいことをもっと見つけたいから。
- 楽しく過ごすのは気分がいいから。

もっとたびたび外で食事をしたい。

- 出会った頃を思い出せるから。
- 人に料理をしてもらって楽をしたいから。
- すてきな場所でくつろいで、パートナーに関心を向けたいから。

もっとくつろいで一緒に遊びたい。

● 二人とも遊ぶのが好きだから。
● 一緒にくつろいで過ごす気ままさが好きだから。
● 二人の関係を深めてくれるから。

あなたの仕事について今望んでいて、心にすっと浮かぶことを書いてください。

〈私の仕事〉自分の仕事に望むこと

もっと稼ぎたい。
仕事でわくわくしたい。
一緒に働く仲間と楽しく過ごしたい。
強い目的意識を持ちたい。

もっと稼ぎたい。
● 新しい車を買いたいから。
● 仕事に誇りを持てるから。
● 訪ねてみたい楽しそうな場所、やってみたい面白そうなことがたくさんあるから。

仕事でわくわくしたい。

- 仕事は人生の重要事項であり、職場で楽しく過ごすことは大切だから。
- 仕事に興味を持てれば気分がいいから。
- 元気が湧くと時間が速く過ぎるから。

一緒に働く仲間と楽しく過ごしたい。

- 彼らは私の人生で重要な存在だから。
- お互いに大きな価値をもたらし合えるから。
- 人と交流することには素晴らしい可能性があるから。

強い目的意識を持ちたい。

- 人生に変化をもたらしたいから。
- アイディアを前に進めるのが好きだから。
- 仕事をしたいという感覚が好きだから。

このプロセスは、個人的な経験の4大テーマに〝エネルギー〟を集中させるためのアイディアを湧き出させてくれます。最初の1カ月ほどは週に1度、それ以降は月に1度ずつ実施するとよいでしょう。

項目ごとに願望を全部書き出そうとしないでください。心にすっと浮かぶことだけを挙げましょう。

このプロセスは気楽に取り組めるので、あなたにとっていちばん重要な事柄がより活性化され、そのテーマに関連する状況や出来事が活発に動き出したことを示す証拠がただちに現れます。

エイブラハム、このプロセスについてもっと教えてください

あなたは思考、人、行事、ライフスタイルなど、今経験しているあらゆることを磁石のように引き寄せています。物事をありのままに見ていると、それと同じものがさらに引き寄せられます。ですが、もっとこうだったらと思って眺めると、そう思った状態の物事を引き寄せます。そのため、物事はよくなりだすとどんどんよくなり、悪くなりだすとどんどん悪くなるのです。

〝創造のワークショップ〟のプロセスは、あなたがどんな種類の磁石になるかを選ぶのを助けてくれます。

――あなたの本当の仕事は、求めているものに集中すること――

あなたが物質世界にやって来た初日に話しかけるとしたら、私たちは次のように言うでしょう。

「小さき者よ、ようこそ地球へ。あなたになれないもの、できないこと、手に入れられないものは何もありません。あなたは立派な創造者であり、ここに来たいと強く願った結果、ここにいます。あなたは〝意図的な創造〟という素晴らしい法則に従い、創造力を働かせることでここにいるのです。

前に進み、人生を引き寄せ、自分が何を望んでいるかを判断する助けとしなさい。決断したら思考をそこだけに向けなさい。あなたの時間の大半は、自分が何を求めているかを知るためのデータ収集に使われてしまうかもしれません。ですが、あなたの本当の仕事は、**自分が何を求めているかを知り、そこに集中することです。望むものに焦点を定めれば、それが引き寄せられます**」

しかしながら今、私たちはあなたの人生の初日に話しかけているわけではありません。あなたはしばらく前からここにいて、自分の姿を自分の目だけで見ようとせず、たいていは他者の目を通して見ています――実際には自分を自分の目で見ることすらできません。そのため、多くの人は現在、望んだ状態にはいません。

〝創造のワークショップ〟のプロセスでは、自分で選んだ在り方を実現することができ、意識して〝宇宙〟の力に手を伸ばし、あなたが現実だと〝思う〟対象ではなく、〝望んだ〟対象を引き寄せることができるようになります。私たちが見るかぎり、今存在するもの（あなたが現実と呼ぶもの）と、本当のあなたの現実の間にはかなりの開きがあります。

あなたが健康でない、あるいは自分で選んでいない体格や活力しかない身体を持ち、満足のいかない生活を営み、恥ずかしいと感じる車を運転し、楽しくない人とつきあっていて、それがあなたの在り方のように見えるとしても、そうである必要はないことがわかるように私たちが助けます。

――気に入ったものを書きとめて、願望のイメージを確立する――

このプロセスは毎日の実践をお勧めします。1回に15～20分で十分です。椅子に座って紙に書くのが理想的ですが、邪魔の入らない場所で頭の中で取り組むこともできます。欲しいものにはっきりと思考を向けて、内にある肯定的な感情を呼び覚まします。楽しみながらやりましょう。楽しいと感じないときは、このプロセスは適していません。

ここでは実生活の積み重ねで集めたデータを取り込み、それを満足のいくイメージにまとめます。仕事、家事、家族や友人とのつきあいなど、何かをしながらでも、使えそうなデータを集めます。

あなたは楽しい人と出会うかもしれません。好きな車が走っているのを見かけるかもしれません。満足できそうな職業を見つけるかもしれません。気に入ったものを見たら覚えておき、できれば紙に書き留めて、このプロセスを始めるときにそのデータを取り込みましょう。そうすることで自分の経験に引き寄せたいセルフイメージを確立できます。

次に示すのは、より広がりのある〝創造のワークショップ〟の例です。

私はここにいるのが好きだ。この時間の価値とパワーを認めているから。ここにいると気分がいい。私は自分のことを、自分が創造し、間違いなく自分で選んだ成果として眺めている。〝エネルギー〟がみなぎり、疲れを知らず、抵抗もなく人生を進んでいる。このセルフイメージの中を流れるように進み、車に乗ったり降りたり、建物に入ったり出たり、部屋に入ったり出たり、会話を始めたりやめたり、ある経験を始めたり終えたりする。

私は現在の意図と調和する人だけを引き寄せる。何が欲しいかに以前よりも気づけるようになっている。車に乗ってどこかに行くときは、元気を回復した健康な状態で、準備を整えて時間どおりに到着する。

人が何をしていようと、人にどう思われようと大したことではないと知るのは素晴らしい。大事なのは自分に満足することだ。このセルフイメージで自分の姿を見るとき、私は確かに存在している。

私は人生に限界がないことを理解している。銀行口座には際限なくお金があり、金銭面の制約はない。お金に余裕があるかどうかではなく、自分が経験したいかどうかであらゆる判断を下している。私は自分のことを、どんなレベルの繁栄も健康も人間関係も自分で選んで引き寄せる磁石だと知っている。

私は永続する無条件の豊かさを選ぶ。なぜなら〝宇宙〟には富に限界がないこと、豊かさを自分に引き寄せても他人の豊かさが損なわれることはない、と理解しているからだ。すべての人に十分に行き渡るだけのものが用意されている。大金を隠す必要はない。欲しいもの、必要なものは何でも簡単にもたらされる。

周囲にいるのは、私と同じように成長を望み、望めば何にでもなれ、何でもでき、何でも手に入る、と進んで許可することによって私へと引き寄せられた人々だ。私は人と交流している。人と話し、笑い、彼らの完璧さを楽しみ、一方で彼らは私の完璧さを楽しんでいる。私たちは互いによさをたたえ合う。望まないことを批判する者も、望まないことに気づく者もいない。

私はこの物質世界の〝存在〟になると決めたときに強く求めたとおりの、申し分のない健康と無条件の繁栄を享受しており、この世界での人生に感謝している。

ここにいるのは楽しく、〝引き寄せの法則〟の力を通じて〝宇宙〟の力を利用している。この素晴らしい状態にいて、同じものをさらに引き寄せている。そして、このやり方をとても気に入っている。

さて、今日の仕事は終わった。今日はこれからもっと好きなものを探して過ごそう。

最初からいい気分でこのプロセスを始め、あなたを満足させてくれる人生のイメージを詳細に思い描けば、人生はそこで創造したイメージを反映するようになります。

プロセス4

仮想のシナリオ

いつ使うか

- 気分がよく、許可の波動を放ちたいとき
- 楽しい経験を思い出していることに気づき、その感覚を長引かせて、気分をさらによくしたいとき
- 余った時間を楽しく過ごしたいとき

感情の現在地点

このプロセスは《感情の現在地点》が1～8の範囲にあるときに特に効果があります（〝感情の現在地点〟がわからなければ、第22章〝感情のスケール〟の22項目に目を通してください）。

感情のスケール

1. 喜び／気づき／力があるという感覚／自由／愛／感謝
2. 情熱
3. 熱意／意欲／幸福
4. 前向きな期待／信念
5. 楽観的な姿勢
6. 希望
7. 満足
8. 退屈
9. 悲観的な姿勢
10. 不満／苛立ち／焦り
11. 打ちのめされている状態
12. 失望
13. 疑い
14. 心配
15. 非難
16. 落胆
17. 怒り
18. 復讐心
19. 嫌悪／憤り
20. 嫉妬
21. 不安／罪悪感／自信喪失
22. 恐れ／悲しみ／うつ状態／絶望／無力感

〝宇宙〟は、あなたの波動、引き寄せの作用点、思考、感じ方に反応します。**〝宇宙〟は、あなたの経験ではなく、あなたが今放っている波動に反応しているのです。**〝宇宙〟は、あなたが実際にお金がある状態と、お金があると想像している状態を区別しません。常にあなたの考えることが、引き寄せの作用点となるのです。

このプロセスは、何らかの場面を頭の中で意図的に活性化します。すると、その場面と一致する波動が放たれます。頭の中で楽しい場面を思い描く練習をすれば、いい気分の波動があなたの新たな感情の現在地点となります。

たいていの人は、自分が観察している物事、人、状況に反応して波動を放っています。その人の日々の生活はあまり変化がなく、以前と同じように続きます。それまでに経験してきたことと大きく異なる思考をすることが少ないためです。

〝仮想のシナリオ〟のプロセスは、この状況を変えます。このプロセスを何でも好きなテーマに適用すると、今あなたがいる場所のずっと先へと波動が運ばれます。〝宇宙〟は、あなたが今どう生きているかではなく、あなたが今放つ波動に反応するので、驚くようなことが目の前へと流れてくるようになります。

あなたをつまずかせる主な原因は、しばしば雑然とした多様な〝エネルギー〟が活性化することにあります。自分が何を欲しているかを知るためにも、何を欲していないかを教えてくれた事柄についてじっくり考えておく必要があります。

健康になりたいと口にするのは、どういうときでしょう？　体調が悪いときではありませんか？　もっとお金が欲しいという願望は、いつ強くなりますか？　お金がないときではありませんか？　混乱しているときに、もっと明晰な思考力が欲しいと思いませんか？　精神的に参っているときに、心の静けさを求めませんか？　退屈しているときに、もっと刺激が欲しいと思いませんか？

前述のプロセス３〝創造のワークショップ〟は、次の３ステップで構成されます。

（1）求める（あなたがいつもしていることです）
（2）求めに応える（〝ソースエネルギー〟の仕事です）
（3）許可する（求めているものを受け取る態勢に入ります）

ステップ１とステップ３の違いに気づくことが大切です。本当に望んでいるもの、必要としているものに焦点を定めていても、あなたの波動は望むものではなく、それがない状態と一致していることがよくあるものです。

請求書が一度に届いて支払いにあてるお金が足りないと、あなたは「もっとお金が必要だ」と言います。これは、ステップ１の願望の提示です。ですが、この時点ではまだステップ３に進んでおらず、あなたは望むものから離れた場所に留まったままです。

あなたは絶えず求めています。求める行為は止められません。あなたの仕事は受け取る態勢に入る方法を見つけることです。感情が同調しているかどうかを感じることで、あなたが送受信する電波の同調に気づけます。疲れていらいらしていたり、腹を立てて傷ついていたり、ひどい気分のとき、あなたの感情は願望と同調していません。同調した状態から完全に外れている、つまり、いい気分の場所にいないことがはっきりとわかる場合、心を落ち着かせるために〝瞑想〟をお勧めします。心を静めると思考が止まり、波動は自動的に上がります。

もちろん、集中できるものや感謝できるものを見つけられるなら、プロセス1〝感謝する〟がより効果的です。ですが、プロセス4〝仮想のシナリオ〟は、特に次の2点で役に立ちます。1つに、あなたは抵抗がないときの感覚に慣れているので、抵抗のある思考に向かっていても、元に戻りやすい早い段階で気づけます。そしてまた、抵抗のない状態にいるときはいつでも〝引き寄せの法則〟が肯定的に反応します。

エイブラハム、このプロセスについてもっと教えてください

このプロセス4では、映画監督になりきって、この瞬間についてあらゆることを選択します。

まず決めるのは、「この場面の舞台はどこか」です。

いい気分になれる場所を選びましょう。行ったことのある場所、聞いたことのある場所、映画で見た場所、あるいは架空の場所でもかまいません。

屋内ですか、屋外ですか？　一日のどの時間帯ですか？　朝、昼、夜？　太陽は昇ったばかりですか？　沈もうとしていますか？　それとも真昼？　空気の感触はどうでしょう？　気温は？　あなたはどんな服を着ていますか？　他に誰がいますか？

気分がよくなる状況を選んでください。

あなた一人でも他の人といてもかまいませんが、他の人を連れてくるなら、一緒にいて気分のよくなる人を選びましょう。

あなたはどんな気分ですか？　笑っていますか？　腰を下ろして静かに考え込んでいますか？　舞台を設定したら、どんな会話をするかを想像しましょう。

このプロセスは、〝無上の幸福〟を許可する場にあなたを置くような波動を発生させるのが狙いです。

ただし、このプロセスをすでにある状況の改善には利用しないように注意してください。状況を修復しようとして既存の波動を空想の世界に持ち込めば、このプロセスの効果は失われてしまいます。

――気分がよくなる以上に重要なことはない――

〝無上の幸福〟が思い描いたとおりに流れてこないとしたら、あなたの気分が悪いか、怒っているか、心配事があるせいです。

このエクササイズは、もっと多くの時間を気分よく過ごせるようにするためのトレーニングです。

エスターは、夫妻が移動に使っていたバスを運転中に、このプロセスを試してみました。短時間で空想の世界に入っていき、気分のいい場所でしばらく過ごしたあと現実に戻る、という一連の流れに、運転中が向いていることに気づいたのです。

車を運転しているときや順番を待つ間、ベッドに寝転びながら、あるいは少し時間をつくってこのプロセスを実践してみてください。

――考えると気分が悪くなることはすべてよくない――

〝宇宙〟は、ある瞬間にあなたの波動がなぜその状態にあるのかを知りません。昨日あなたは病気だと診断されたとしても、今日はとりとめもない空想の世界で高速道路を運転することができます。そのとき、あなたの身体に病気の気配はみじんもありません。あなたが病気の意識を保つ以上に〝仮想のシナリオ〟の波動を保つことができれば、病気が身体に留まることはできません。病気の本質と一致する波動を持つ思考を無意識に選んだために、病気はそこにあるにすぎないのです。

病気と波動が一致する思考は、考えるといやな気分になります。怒り、失望、恨み、非難、罪悪感、恐れといった感情が湧きます。これはあなたのためになりません。考えると気分が悪くなるので、よくないことはすぐにわかるでしょう。

ずいぶん前に経験して、今はあなたの波動の中で活性化していないこと、あるいは昨日経験したばかりでも今考えていないことは、その波動の影響は引き寄せの作用点にまったく及びません。ですから、あなたの中から否定的な思考を全部消す必要はありません。

ときどき、人とのやりとりで何かを見たり、聞いたり、においを嗅いだりしたことである波動が生じると、気分が悪くなることがあるでしょう。それはこういうことです。

「私の誘導システムが働いている。自分のためにならないものが体内で生じているのを感じる。この波動が生じると、私の中で抵抗が生まれ、〝無上の幸福〟を許可しようとしなくなる」

そんなときは気分のよくなる思考を選べばいいのです。プロセス4〝仮想のシナリオ〟を練習していれば、気分のよくなる思考に手を伸ばすのは簡単です。練習していないと、否定的なことを考えている間は肯定的な思考に移れません。その思考が弱まるのを待つしかないのです。

——心配しても心を躍らせても、ビジュアル化したイメージは実現する——

あるとき、エスターは友人に車のフロントガラスの修理キットをもらいました。エスターは、「どうやって使うのだろう」と思い、説明書を読みました。そして、「これは素晴らしい製品だわ」と考え、キットを手にするたびに「なんてよくできた道具だろう」と感心していました。

ヒックス夫妻が運転を始めて10分ほどすると、1台のトラックに追い越され、二人の車のフロントガラスに小石が跳びました。それでエスターは、それまで何度も思い描いていたフロントガラスの修理をするはめになったのです。

〝仮想のシナリオ〟で心配しても心を躍らせても、あなたは波動を放ち、その波動と一致するものを引き寄せます。

ある人が言いました。

「私はビジュアル化がうまくできません。空想の世界に行こうとしても、何もない空間にしか行けません。やり方がわからないのです」

あなたは過去の出来事を思い出せますか？　それができるなら〝仮想のシナリオ〟のプロセスもできるはずです。どちらも今ここにはない場面を思い浮かべる作業です。

このプロセスを練習して想像力を刺激すれば、気分がよくなるだけでなく、さまざまな対象に関する優勢な波動が変化して、波動の改善が反映された物事を経験するようになるでしょう。

プロセス5

成功のゲーム

いつ使うか

- 想像力を高めたいとき
- 願望をより具体的に表現したいとき
- 自分に流れてくるお金を増やしたいとき
- さまざまな物事に関して、豊かさの流れを広げたいとき

感情の現在地点

このプロセスは《感情の現在地点》が1～16の範囲にあるときに特に効果があります（〝感情の現在地点〟がわからなければ、第22章〝感情のスケール〟の22項目に目を通してください）。

感情のスケール

1. 喜び／気づき／力があるという感覚／自由／愛／感謝
2. 情熱
3. 熱意／意欲／幸福
4. 前向きな期待／信念
5. 楽観的な姿勢
6. 希望
7. 満足
8. 退屈
9. 悲観的な姿勢
10. 不満／苛立ち／焦り
11. 打ちのめされている状態
12. 失望
13. 疑い
14. 心配
15. 非難
16. 落胆
17. 怒り
18. 復讐心
19. 嫌悪／憤り
20. 嫉妬
21. 不安／罪悪感／自信喪失
22. 恐れ／悲しみ／うつ状態／絶望／無力感

まず、架空の預金口座を開きます。本物の銀行を使わずに、空想の世界で実際と同じようにお金を預けたり、小切手を書いたりするのです。使わなくなった古い手帳やコンピュータの会計ソフトを利用したり、お金の出し入れをノートに記録したり、預金伝票を作る仕組みを考えてもよいでしょう。できるだけ本当らしくすると効果的です。

1日目に10万円預けて10万円使います。つまり預金欄に10万円と記入し、10万円分の小切手を書きます。一度に全額使っても、何回かに分けてもかまいません。

小切手の備考欄は具体的に記入しましょう。たとえば、「デザインのよいペン」「履き心地のいいランニングシューズ」「ジムの会員権」というように。一部を別の日に回してもかまいませんが、できればその日に全額使い切りましょう。明日はまた預金するからです。

2日目に20万円、3日目に30万円、4日目に40万円、50日目に500万円、300日目に3000万円預金します。


1年間毎日続ければ、合計66億円以上預金して使うことになります。

何週間か続けると、それだけの大金を使うには集中力が必要だとわかってきます。すると、想像力は格段に向上します。

物質世界の友人のほとんどは想像力をあまり使いません。しかし、**このプロセスを実践すれば新しいアイディアが湧くようになり、やがて願望や期待の幅が広がります。**すると、引き寄せの作用点が移行します。

自分の現在の状態だけに関心を向けていると、未来は今と同じように展開します。しかし、このゲームによってあなたから引き出される広がりのあるアイディアに関心を向ければ、〝宇宙〟はその思考の波動に反応します。

〝宇宙〟は、あなたが経験していることに応じて放つ波動と、想像していることに応じて放つ波動を区別しません。ですから、この〝成功のゲーム〟のプロセスは、波動の引き寄せの作用点を移すための強力なツールとなるのです。

このゲームは短期間だけ取り組むことも、1年以上続けることもできます。最初は難しいかもしれませんが、続けるうちに想像の幅が広がるでしょう。

想像力を働かせて小切手を書き、メモを書き、書きながら焦点を定めていきます。お金を使いすぎる心配がないのでまったく抵抗なく、あなたは願望を実現するのに必要なものを手に入れることができます。抵抗のない状態にいるとき、すなわち許可する状態にいるとき、あなたは願望を素直に表明しているのです。

そうなると、人生も変化します。経済状態が改善するだけでなく、あなたが楽しみながら焦点を定めたあらゆる種類のものが経験に流れてきます。

このゲームはいつ始めるのもやめるのも自由です。ルールはありません。重要なのは全力で想像力を働かせることです。

プロセス6
瞑想

いつ使うか

- 抵抗から解放されたいとき
- ただちに波動を上げる簡単な方法が欲しいとき
- 波動の相対的なレベルを高めたいとき
- 自分の〝内なる存在〟に気づきたいとき

感情の現在地点

このプロセスは《感情の現在地点》が1〜22の範囲にあるときに特に効果があります（〝感情の現在地点〟がわからなければ、第22章〝感情のスケール〟の22項目に目を通してください）。

感情のスケール

1. 喜び／気づき／力があるという感覚／自由／愛／感謝
2. 情熱
3. 熱意／意欲／幸福
4. 前向きな期待／信念
5. 楽観的な姿勢
6. 希望
7. 満足
8. 退屈
9. 悲観的な姿勢
10. 不満／苛立ち／焦り
11. 打ちのめされている状態
12. 失望
13. 疑い
14. 心配
15. 非難
16. 落胆
17. 怒り
18. 復讐心
19. 嫌悪／憤り
20. 嫉妬
21. 不安／罪悪感／自信喪失
22. 恐れ／悲しみ／うつ状態／絶望／無力感

長く考え続けている思考を、信念と呼びます。あなたの〝ソース〟の知識と調和する思考、願望と一致する思考など、信念の多くは大いにあなたの役に立ちます。ところが、役に立たない信念もあります。自分にはふさわしくない、あるいは価値がない、といった思考がそれです。

〝宇宙の法則〟を理解し、思考を意図的に選ぶことで、邪魔しようとする信念を活力を与えてくれる信念に置き換えることができます。ですが、もっと短時間で信念を変える、ただちに役に立つ方法があります。それが〝瞑想〟です。

私たちが〝瞑想〟を教えるのは、多くの人にとって、純粋で前向きなことを考えるよりも、何も考えずに頭を空っぽにするほうが簡単だからだと冗談めかして言うことがあります。**心が静まれば、あなたは何も考えません。すると、抵抗もありません。**抵抗のある思考が生じなければ、あなたの〝存在〟の波動は高く、速く、純粋になります。

水に浮かぶコルク栓を想像してください（水面は、あなたの本来の居場所である、高くて速い波動の場所を表します）。次に、コルク栓を手でつかんで水中に沈める様子を想像します（このときの感覚が抵抗です）。今度は手を離して、コルク栓が水面に戻る様子を思い浮かべてください。

自然に水面に上がってくるコルク栓のように、邪魔をする抵抗から自由になって高くて速い波動を経験することが、あなたにとって自然な状態です。あなたが自分を水中に留めておこうとしないかぎり、このコルク栓のように本来の居場所である水面にすぐに戻っていけます。つまり、あなたにとって自然な高い波動の状態に居続けるために努力はいらないのです。

ただし、そのためには波動を下げるような思考を止めないといけません。あなたが本当のあなたと調和する波動でいるのを許可しないことには関心を向けないようにするのです。願望と正反対の欲しくないものに焦点を合わせなければ、抵抗の波動が生じることはありません。

〝瞑想〟は、信念を変える近道といえます。思考がなければ、抵抗もなくなるからです。

〝瞑想〟を始めるには、邪魔されない静かな場所に座ります。楽な服装で、椅子に座っても床に腰を下ろしても、あるいはベッドに横になってもかまいません。要は身体を楽にすることです。

次に、目を閉じてリラックスし、呼吸します。ゆっくりと肺に空気を吸い込み、空気を吐くときの心地よさを味わいます（快適さが大変重要です）。

意識がさまよったら、ゆっくりと思考を手放し、あるいは意識をそこに留めてその思考がそれ以上広がらないようにして、呼吸に意識を戻します。

人は本来、何かに集中する傾向があるので、最初は〝瞑想〟が不自然に感じ、意識はそれまで焦点を定めていた対象に戻りたがるでしょう。そのときはまたリラックスして呼吸し、思考を手放します。

興味深い思考に広がる恐れのない、取るに足らない思考を選んで集中すると、心を静めやすいでしょう。ただ呼吸に集中しても、あるいは黙って呼吸の数を数えてもいいし、蛇口から水滴が落ちる音に耳を傾けるのもいいでしょう。穏やかで優しい対象を選んで集中すれば、抵抗のある思考を手放すことができて、波動は自然に上がります。

これは願望に取り組むプロセスではなく、心を静めるプロセスです。心を静めると、物質世界と切り離されたという感覚が湧くかもしれません。たとえば、つま先と鼻先の区別がつかなくなるかもしれません。皮膚の内側が引きつったり、かゆくなることもあります。また、抵抗を手放して自然で純粋な高い波動で漂っていると、よく身体が無意識に動くことがあります。身体が前後左右に揺れたり、頭が左右に優しく揺れるかもしれません。あるいは、あくびが出そうな感覚があるかもしれません。これらはすべて〝瞑想〟状態に入ったことを示します。

すると、引き寄せの作用点が変化し、あなたは許可する状態に入ります。これまで求めてきたものが、あなたの経験にそっと流れてきます。

瞑想状態から覚めたら、波動を変える何かに焦点を定めるまで、この許可の状態は続きます。しかし十分に練習すれば、あなたはこの高い波動になじみ、しようと思えばいつでもその波動に変えられるようになります。

定期的に瞑想を続けると、高い波動が体内でどう感じられるかに敏感になります。波動を下げるものに焦点が合ったときは、下がりすぎない早い段階で気づき、抵抗のある思考をたやすく変更して、バランスを保てるようになります。

エイブラハム、このプロセスについてもっと教えてください

多くの教師が、波動を高める方法として〝瞑想〟を教えています。効果的な〝瞑想〟は、波動に抵抗を生むものからあなたの意識をそらします。すると、波動は自然に上がります。〝意識〟を断つのに似ていますが、目覚めている状態でそれを行うのです。睡眠中も意識は消えますが、高い波動にいるのがどんな感じかはわかりません。目を覚ましたまま瞑想状態に入ると、高い波動がどんな感じかがわかります。やがて、自分の波動に対する感覚を手に入れて、抵抗を生むものに意識が向かうたびにすぐ気づくようになります。

こう聞かれることがあります。

「〝瞑想〟を始めると、人生が混乱するのはよくあることですか？」

そのとおりです。というのは、あなたは感覚が鋭くなり、それまでに身につけた低い波動のパターンが快適でなくなるからです。

――15分で人生は変わる――

私たちが物質世界にいるとしたら、絶対に瞑想をするでしょう。毎日10～15分、それを超えない程度に、邪魔されない気持ちのよい場所、木陰や車の中、バスルームや庭に静かに座ります。身体の感覚をできるだけ遮断します。部屋が明るすぎるなら、カーテンを引いて目を閉じます。

意識して肺に息を吸い込み、意識して吐き出します。意識を集中してゆっくりと吸って、吐きます。息を吸い、肺が無理なく保てる空気はこれくらいだろうと思ったら、さらにそっと息を吸います。そして、肺が十分に広がったら、長くゆっくりと吐き出します。この瞬間に集中し、呼吸を意識して、息をする他は何もしません。この瞬間に入ってくる空気と出ていく空気以外のことには意識を向けません。

しばらくの間、あなたはあれこれ取り仕切るのをやめ、何かを実現させようとするのをやめます。このとき、あなたは自分の〝ソースエネルギー〟〝内なる存在〟〝神〟に向かって、「私は許可する状態にいる。私は〝ソースエネルギー〟が身体の中をただ流れるのを許可している」と言っているのです。

これを15分間続けると、人生は変わります。なぜなら、あなたにとって自然な〝エネルギー〟を流すことがこれで許可されるからです。この瞬間に気分がよくなり、瞑想から覚めたときにエネルギーがみなぎっているのを感じるでしょう。

瞑想をするだけで、これまで求めてきたものが現れ始めることに気がつくでしょう。なぜでしょうか？　あなたはこう言うかもしれません。

「だけど、私は何も意図していません。目標を設定していません。欲しいものを明確にしていません。何が欲しいかを〝宇宙〟に伝えていません。どうして15分、ただそこにいるだけで物事が動きだすのですか？」

それは、〝瞑想〟の最中に願望を遠ざけていた抵抗が消えるからです。〝瞑想〟することで、あなたは願望が経験に流れてくるように許可したのです。

あなたがこの物質世界の一部であるかぎり、あなたの内には絶え間なく願望が生まれます。あなたの内に願望が生まれると〝宇宙〟は応えます。そして、猫をなでたり、呼吸の練習をしたり、滝の音を聞いたり、心を静める音楽を聴いたり、プロセス1〝感謝する〟を実践するなどして許可する状態に15分間留まると、求めてきたものに対する抵抗のない波動が定着するのです。

「私が50年もの間、否定的な人生を歩んできたとしたら、それを逆転させるのに50年かかりますか?」

いいえ、15分あれば十分です。

「私が身につけてきた許可しない態度を15分で取り消せるのですか?」

15分あれば許可できるようになります。何かを取り消す必要はありません。

「否定的なことを考える根深い習慣を身につけていたらどうですか? 15分で変えられますか?」

それは難しいかもしれません。でも、次にそのような否定的な思考に戻ったときに、そのことに気づきやすくなります。誘導システムが刺激され、あなたは、おそらく人生で初めて自分の〝エネルギー〟を使って何をしているかに気づくでしょう。

これが大変重要です。なぜなら、人の身に起こるあらゆる物事は、あなたがたが〝エネルギー〟を呼び集め、それを許可したり許可しなかったりすることで起こるからです。すべては〝エネルギー〟との関係で起こります。あなたがたがしている経験は、そのときのその人の許可または抵抗の程度に応じて、その人の人生がもたらした願望によるものなのです。

――波動を上げるその他の方法――

〝瞑想〟以外にも波動を上げる方法があります。たとえば、楽しくなる音楽を聴く、景色のいい場所でジョギングする、猫をなでる、犬と散歩する、といった方法です。これらは抵抗を手放して波動を上げる楽しい活動の一部です。車を運転しているときに〝ソースエネルギー〟とのつながりが強くなることはよくあります。車の流れのリズム、心配事から気がそれること、行ったことのない場所に出かける期待感、これらがあなたを悩ませていた事柄を忘れさせてくれるのです。

目指すのは、抵抗を生む思考を手放し、肯定的な思考の場に自分を置くことです。〝瞑想〟の最中に頭の中で否定的なおしゃべりが続いていないかぎりは、心を完全に静められなくて大丈夫です。楽しいことを穏やかに考えているだけなら、効果は十分にあります。

純粋で肯定的な〝エネルギー〟を持つものを見つけるのは簡単です。たとえば、ペットのことを考えるといいかもしれません。動物は無条件に愛情を向けてくれるからです。考えて気分のよくなることを見つけ、自分の中でその雰囲気が生まれるまで練習しましょう。すると、気分のいい思考が他にも次々と浮かんでいきます。

――私は30日で何を達成できるか？――

あなたの身体が今、重病を患っているとしても、毎日〝エネルギー〟の流れを許可する方法を学んでいれば、明日にはすっかり病気が消えるかもしれないことをご存知ですか？とはいえ、私たちはそのような一足飛びの飛躍を勧めているわけではありません。それはあまり快適ではないからです。

私たちが勧めたいのは、あなたが自分本位になり、毎日こう宣言することです。

「いちばん重要なのは、私の気分がよくなることです。私は今日、いい気分になる方法を見つけます。瞑想で一日を始め、〝ソースエネルギー〟と自分を同調させます。一日中感謝する機会を探し、一日中自分を〝ソースエネルギー〟へ戻そうとします。ほめる機会があればほめ、批判の機会があれば黙って瞑想します。批判したくなったら、うちの猫を呼んで、気分が変わるまで猫をなでます」

そうして1カ月も過ごせば、それまであなたが地球でいちばん抵抗の強い人だったとしても、いちばん抵抗のない人になれます。周りの人は、あなたに望んだものがいくつも現れ始めるのを見て驚くことでしょう。

プロセス7
夢を評価する

いつ使うか

- 特定の夢を見る理由を理解したいとき
- 波動の引き寄せの作用点が何か、また願望が実現する前に自分が何を創造しているのかを理解したいとき

感情の現在地点

このプロセスは《感情の現在地点》が1～22の範囲にあるときに特に効果があります（〝感情の現在地点〟がわからなければ、第22章〝感情のスケール〟の22項目に目を通してください）。

感情のスケール

1. 喜び／気づき／力があるという感覚／自由／愛／感謝
2. 情熱
3. 熱意／意欲／幸福
4. 前向きな期待／信念
5. 楽観的な姿勢
6. 希望
7. 満足
8. 退屈
9. 悲観的な姿勢
10. 不満／苛立ち／焦り
11. 打ちのめされている状態
12. 失望
13. 疑い
14. 心配
15. 非難
16. 落胆
17. 怒り
18. 復讐心
19. 嫌悪／憤り
20. 嫉妬
21. 不安／罪悪感／自信喪失
22. 恐れ／悲しみ／うつ状態／絶望／無力感

あなたが考えることと経験に現れることは常に波動が一致しています。同様に、あなたが考えることと夢に現れることは常に波動が一致しています。

優勢な思考は現実化しているものと常に波動が一致し、「思考」「感情」「人生で現実化していること」の相関関係を理解すれば、人生に現れることをすべて正確に予測できるようになります。

何かが実現する前に自分の思考に気づき、その結果、自分が何を創造しているのかに気づけるのはよいことですが、実現したあとで、そこに導いた思考に気づいたとしても価値はあります。すなわち、思考と感情と現実化の関係を関連づける作業は、現実化する前でもあとでもできて、いずれも役に立ちます。

夢はそれまで考えてきたことと波動が一致しています。個々の夢はあなたが創造しており、思考によって創造していないことは夢に見ません。夢の中で何かが実現したなら、そのことを何時間も考えてきたということです。

そのため、夢は目覚めているときにあなたが何を創造しようとしているかを理解する助けになります。欲しくないものを創造していれば、実現してから対応するより、実現する前に思考の方向を変えるほうが簡単です。

〝夢を評価する〟プロセスは次のとおりです。

ベッドに入ったら、夢に思考を正確に反映させることに同意します。そして、**「私は身体をしっかり休め、元気を回復して目覚めます。夢に現れたことに重要な内容があれば、目覚めたときに思い出します」**と心の中で宣言します。

目が覚めたら、しばらく横になったままで「夢を覚えているか」と自問します。一日を過ごすうちに夢のさまざまな状況を思い出すかもしれませんが、普通、記憶がもっとも鮮明なのは目覚めた直後です。何か1つでも思い出したら、夢の途中でどう感じたかを思い出しましょう。夢の細部よりも、そのときに湧いた感情を思い出すほうが重要です。

何かが経験に現れるほどの力を持つには、そこにかなり注意を向けないといけません。また、何かが夢に現れるには、その対象に十分な注意を払わなければなりません。そのため意味のある夢は必ず強い感情を伴います。いい気分かもしれないし、悪い気分かもしれません。どちらにしても強烈で、必ず気づくはずです。

「その夢を見ていたとき、どんな気分だったか？」

気分のいい夢なら、その対象を取り巻く優勢な思考が願望の実現へと向かっていると確信していいでしょう。気分のよくない夢なら、優勢な思考が欲しくないものを引き寄せています。あなたがどの段階にいるにしろ、常に新しい決断を下し、現れるものをより満足のいくものに変えられるはずです。

人生においてより満足のいくシナリオを意図的に創造し、周囲にあるものを欲しいものに変えようと努力すれば、何もせずに欲しくないものを創造するよりも達成感があります。

一度何かが実現してしまうと、欲しくないものが実現する様子を見守るという状況に甘んじなければならないだけでなく、そんな結果を生んだ思考の習慣にも対処しなければならないからです。

夢は、あなたがどう感じていて、何を創造しているかを見事に反映していると理解すれば、夢によい影響を及ぼすように思考を意図的に変えられるようになります。いい夢を見るようになれば、まもなく人生により肯定的なことが起こり始めるとわかるでしょう。

悪夢を見ても心配するのはやめて、望まないものに関心を向けてきたのだと気づけたことに感謝しましょう。望まないものに思考が近づいていると気づかせてくれる感情にも感謝しましょう。

ちなみに、夢を見ている最中は創造していません。しかし、目覚めてから夢について考えたり話したりすれば、その思考は将来の創造に影響します。

夢を記録するのは役に立ちますが、詳しく書く必要はありません。舞台のだいたいの様子、現れた主な人物、あなたや他の人が何をしていたか、そしてもっとも重要なのは「あなたがどう感じたか」です。

夢に複数の感情を見つけても、どれもあまり違いがないはずです。たとえば、同じ夢で有頂天の気分と怒りとを同時に感じることはないでしょう。この2つの感情の波動は、同じ夢に現れるにはかけ離れすぎています。夢でどんな感じを味わったかを特定し、その感情を変えたい、もしくはもっと広げたいと思ったら、「プロセス22　感情のスケールを上る」に進んでください。

エイブラハム、このプロセスについてもっと教えてください

夢は現在の波動の状態に気づかせてくれます。

夢を思い出すことは、夢で関わった〝見えない世界〟の思考のかたまりを物質世界の表現に翻訳しているのです。睡眠中のあなたは、〝見えない世界のエネルギー〟に戻って会話しています（言葉ではなく波動による会話です）。そして目覚めてから、思考のかたまりを物質世界の言葉に翻訳するのです。

前から望んでいることが一向に実現しないとき、その願いが実現した夢を見ることがあります。そして、夢を楽しく思い出して抵抗の波動がやわらぐと、願望が実現することがあります。

何年も前にジェリーとエスターはある事業に関わっていましたが、二人はまだ特別な関係にはありませんでした。互いに相手を大切に思ってはいましたが、それは恋愛感情ではありませんでした。二人ともそのような感情に浸っていられる立場になかったのです。二

人は相手を特別な対象として見ることもありませんでした。

ある晩、エスターは、ジェリーがベッドのそばにひざまずき、彼女の頬にキスする夢を見ました。子どもの頃に聞いた童話の一場面のようでした。ジェリーの唇が顔に触れると、尋常でない感覚が湧き起こりました。天にも昇る心地、何も問題はない、という思いです。

目が覚めるとその夢のことばかり考え、ジェリーのことをそれ以前と同じようには考えられなくなりました。その夢は、エスターが知らなかった感覚を彼女の中に残しました。その感覚があまりに素晴らしかったので、彼女は何度も同じ夢を見ようとしました。夢を見られないなら、夢を思い出そうとしました。その波動がきっかけとなって二人は接近したのです。

エスターは、「私は一生幸せに暮らしたい、私を大切にしてくれるパートナーが欲しい、楽しい生活を送りたい」と考えていました。そう考えながらも、その多くが欠けた生活を送っていましたが、エスターの〝内なる存在〟は彼女の願望を聞いて、視覚と感覚を伴い、忘れられない程度に具体的な夢、そして彼女にいつまでも語りかける強烈な夢を見せたのです。エスターはそこに〝エネルギー〟を送りました。

――夢は未来の予告であり、引き寄せの作用点がわかる――

さて、欲しいものを判断する基準が、自分の人生にないとします。

たとえば、元気になりたいけれど元気になったことがない、豊かになりたいけれど豊かだったためしがない、あるいは愛情あふれるパートナーが欲しいのにそんなパートナーを持ったことがないとします。その場合は「何が欲しくて、それはなぜか」を〝内なる存在〟に伝えてください。そして、あなたが〝エネルギー〟を送りたい対象のイメージを〝内なる存在〟に夢で見せてもらうのです。すると、波動の状態が望んだとおりになり、その対象がもたらされます。

夢はこれから起こることの予告のようなものであり、夢の内容を評価すれば引き寄せの作用点が判断でき、以前からよく見る夢が実現してほしくないものならば、状況を変えるための対策が取れます。

あなたが置かれた環境の影響で、あなたは経済的苦境、自由にならない身体といった対象に〝エネルギー〟を送っているかもしれません。〝内なる存在〟は、あなたが未来に向けて病気を投影していることに気づいて、どこに向かっているかを示す夢を見せるかもしれません。

　すると、あなたは目を覚まして、「そんな未来はいやだ」と言うでしょう。そうして「私が欲しいものは何か？　なぜそれが欲しいのか？」を考えます。そのあとは欲しいものに向けて〝エネルギー〟を送り、〝エネルギー〟を変質させて未来を変えるのです。

プロセス8

プラス面を記すノート

いつ使うか

■あなたの中を気分のいい感情が流れていると感じ、その気分のいい前向きな波にできるだけ長く乗っていたいとき

■いつも関心を向けている対象がいい気分をもたらさないと気づいて、その対象に関する波動を改善したいとき

■焦点を定めている対象は大方は気分がいいが、まだいくつか不快な事柄があるとき

感情の現在地点

このプロセスは《感情の現在地点》が1～10の範囲にあるときに特に効果があります

（〝感情の現在地点〟がわからなければ、第22章〝感情のスケール〟の22項目に目を通してください）。

感情のスケール

1．喜び／気づき／力があるという感覚／自由／愛／感謝
2．情熱
3．熱意／意欲／幸福
4．前向きな期待／信念
5．楽観的な姿勢
6．希望
7．満足
8．退屈
9．悲観的な姿勢
10．不満／苛立ち／焦り
11．打ちのめされている状態
12．失望
13．疑い
14．心配
15．非難
16．落胆
17．怒り
18．復讐心
19．嫌悪／憤り
20．嫉妬
21．不安／罪悪感／自信喪失
22．恐れ／悲しみ／うつ状態／絶望／無力感

このプロセスによって焦点がより明確に定まるだけでなく、あなたの明晰な思考力および〝自分は生きている〟という感覚もよりはっきりと感じられるようになるでしょう。

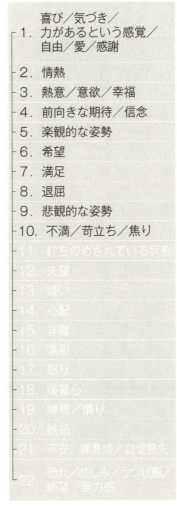

まずは、手に持った感じがよく、書き心地も使い勝手もよさそうなノートを用意します。そのノートの表紙に「プラス面を記すノート」と書きます。

1日目はこのプロセスに20分以上時間をかけるとよいでしょう。2日目以降は細切れの短い時間でもかまいません。

ノートの1ページ目の最初に、いつも気分をよくしてくれる人や物の名前、あるいは簡単な説明を書きます。大好きな猫、親友、好きな人の名前などです。お気に入りの街やレストランの名前でもよいでしょう。その名前や説明に焦点を合わせ、次のように自問します。

「(その人や物の)どこが好きなのか？　なぜそれほど好きなのか？　よいところは何か？」

浮かんだ考えを書き留めます。無理にひねり出そうとせず、流れ出すままに紙に書いていきます。思考の流れが止まるまで書いたら読み返し、自分の言葉を味わいましょう。

次のページを開いて、先ほどとは別の、あなたの気分をよくしてくれる人や物の名前、あるいは簡単な説明を書き、20分間、同じことを繰り返します。

1日目から感謝と〝無上の幸福〟の強力な波動が動き出し、ノートに記入したくなる名前や説明が他にもどんどん浮かんでくるかもしれません。その場合は別のページの最初にそれを書きます。時間があれば「どこが好きなのか？　なぜそれほど好きなのか？　よいところは何か？」を考え、時間がなければ翌日再開したときに答えてください。

プラス面は探せば探すほど見つかります。すると、もっと見つけたくなります。このプロセスで高い波動があなたの優勢な波動となり、人生のあらゆる面にこの高い波動が反映され始めます。

書くという行為には焦点を定める力があり、気分のよくなることを書く作業には〝ゾーンスエネルギー〟とつながる力があるからです。ノートを使い終わったら新しいノートを買い足したくなることでしょう。

このプロセスに取り組む間、あなたは素晴らしい気分でいられるはずです。ノートに書くそれぞれのテーマとあなたとの関係は豊かで満ち足りたものとなり、〝引き寄せの法則〟によってさらに素晴らしい人、場所、経験、物事がもたらされます。

エイブラハム、このプロセスについてもっと教えてください

美しい街を想像してください。都会ではありませんが、申し分のない街です。道路は渋滞せず、街並みはきれいで、住むにも働くにも最適です。そんな街なら生涯幸せに暮らせそうです。1つ言い忘れていました。大通りに大きな穴が空いているのです。

あなたがこの街のよい面に目を向ければ、一生幸せに暮らせるでしょう。ですが、街のよい面を語る人ばかりとは限りません。「大通りの穴に気をつけて」と忠告する人もいるはずです。そういう人々を取り巻く負の空気のせいで、たいていは道路の穴に関心が向きます。

誰かが不治の病と診断されたとしましょう。彼女の身体の99パーセントはこの理想的な街のように問題なく機能しています。ところが、診断のせいで病気に関心が向かいます。すると、それがやがて彼女をすっかり疲弊させるのです。

――あらゆる物事にいい面を探しなさい――

「欲しいものに焦点を定めると、気分がいい。欲しいものがない状態に焦点を合わせると、気分が悪い」

では、これをもう少し先に進めてみましょう。あなたは複数のことに一度に焦点を合わせられますか？　それは無理でしょう。幾通りもの感覚を一度に抱くことはできますか？　いい気分と悪い気分を同時に味わえますか？　それも無理でしょう。ということは、欲しいものに焦点を合わせていれば、欲しくないものに同時に焦点を合わせることはできない

と考えるのが妥当です。

また、欲しいものに焦点を合わせていて気分がよくなり、気分がいいときに前向きに引き寄せる態度でいられるとしたら、あなたのもっとも大切な仕事はあらゆる物事のいい面を探すこと、あらゆる物事についてあなたを元気にしてくれる面を探すこと、そして道路の穴から注意をそらすことではないでしょうか？

〝意図的な創造〟について学び始めたばかりの物質世界の友人は、否定的な思考が全部宇宙に届いて、目の前に怪物が現れるのではないかと心配します。あなたは思考のバランスの中で生きており、何かが現実に現れるにはその対象について相当に考え続けなければならないことを思い出して、安心してください。ところが、あなたは常に事実と向き合いたいと願い、物事に対する批判や何が間違っているかに過度に目を向ける社会で暮らしてきています。そのため、個々の思考においても、すべてうまくいくと理解せずに、どちらかというと心配しながら暮らしているのです。

いちいちコントロールしなければならないような極端な考えではなく、気分がよくなることにもっと関心を向けましょう。そうすれば、あなたの身に起こることに大きな差が生じます。

——関心を向けるべきは現実そのものではない——

現実とされるものには注意を向ける価値があるように見えます。

「それは本当なんだから記録したほうがいいのでは？　数えたほうがいいのでは？　人に伝えたほうがいいのでは？」

望まないのに現実だからという理由で騒ぎ立て、現実感をさらに補強するべきでしょうか？　私たちはこう尋ねます。

「どうしてそんなことをするのでしょう。なぜ、創造のデータベースを眺めて複製したい現実を選び出し、それを主張しようとしないのですか？」

あなたの答えはいつも煮え切りません。

「それが現実だから、そうするのです。誰かがそうしたから、私たちもそうするのです」

私たちなら、現実そのものではなく、その現実の波動をどう感じるかに関心を向けます。私たちが何をしようとしているかを知りたがる人にはこう言います。

「気分がよければ、そこに関心を向けます。気分が悪ければ、関心を持ちません」

すると、彼らは「現実と向き合うべきだ！」と言うのです。

だったらこう言い返しましょう。

「現実とは向き合っています。常にそうしています。**向き合う現実をより慎重に選んでいるだけです**。どんな現実と向き合っていようと、どんな現実について話したり、考えたり、思い出したりしようと、どんな現実を自分の波動に長く留めていようと、それが自分の現実になると理解し始めたからです。私は自分の経験にどんな現実を再現させるかにこだわるようになりました。現実は自分で創造できると気づいたからです。私は現実を創造できます。しかも創造する現実を選べるのです」

――場所を変えるより、波動のパターンを変えなさい――

ジェリーとエスターはテキサス州オースチンのホテルで何度もセミナーを開いていましたが、そのホテルは彼らの予約を毎回、忘れるようです。契約書を交わし、当日エスターが電話で確認しても、ホテルに着くと受付の女性が毎回あわてた様子で応じるのです。そして、セミナーの準備でも必ずひと悶着ありました。エスターが私たちに言いました。

「別のホテルを探したほうがよさそうね」

「それも一案だが、**どこへ行こうとあなたたちはそこにいるのだ**」と私たちは答えました。

波動の習慣とパターンはどこまでもあなたたちについて回るからです。

私たちは二人にノートを買ってこさせました。そして表紙に太字で「プラス面を記すノート」と書き、1ページ目に「サウスパーク・ホテルのプラス面」と書くように言いました。

エスターは書き始めました。

「建物が美しい。場所がいい。高速道路に近くて道順を教えやすい。駐車場が広くて使いやすい。客室はいつも清潔。部屋の種類が豊富で何人のグループでも泊まれる……」

エスターはこう書いたあとで、どうして他のホテルを探そうなんて思ったのかしらと不思議そうでした。つまり、関心がプラス面に向いたら、このホテルに対していい気分が湧いて、よくないことを引き寄せられなくなったのです。別の言い方をすれば、ノートに書くことで、道路の穴から関心をそらしたのです。

――重要なのは刺激か、それともやる気か？――

これには2通りの見方があります。

● 私が○○のことをすれば、いいことが起こるだろう。
● 私が○○のことをしなければ、悪いことが起こるだろう。

最初の文は、あなたが行動するように肯定的な場所から刺激を与えています。2番目の文は否定的な場所からやる気を起こさせようとしています。〝プラス面を記すノート〟は、望むものが何であろうと、肯定的な感情を刺激して、願望を引き寄せる場所にあなたを近づけます。

プロセス9
シナリオを書く

いつ使うか

■気分がよく、自分が創造しているものに細かい情報を追加したいとき
■経験したいことを見極めて書く楽しさを味わい、その詳細を〝宇宙〟が届けてくれるのを見届けたいとき
■具体的に焦点を定めた自分の思考の力を意識して経験したいとき

感情の現在地点

このプロセスは《感情の現在地点》が2～6の範囲にあるときに特に効果があります（〝感情の現在地点〟がわからなければ、第22章〝感情のスケール〟の22項目に目を通してください）。

感情のスケール

1. 喜び／気づき／力があるという感覚／自由／愛／感謝
2. 情熱
3. 熱意／意欲／幸福
4. 前向きな期待／信念
5. 楽観的な姿勢
6. 希望
7. 満足
8. 退屈
9. 悲観的な姿勢
10. 不満／苛立ち／焦り
11. 打ちのめされている状態
12. 失望
13. 疑い
14. 心配
15. 非難
16. 落胆
17. 怒り
18. 復讐心
19. 嫌悪／憤り
20. 嫉妬
21. 不安／罪悪感／自信喪失
22. 恐れ／悲しみ／うつ状態／絶望／無力感

ある晩、エスターがテレビをつけると映画をやっていて、エスターはたちまち夢中になりました。主人公の売れないシナリオ作家がタイプライターの魔法に気づいたようです。毎日、彼が芝居の場面を描写し、俳優の台詞を文字にすると、自分の経験に同じことが起こるようになったのです。なので、生活が思うようにいかないときは、タイプライターに向かって好きな筋書きに書き換えました。すると、そのとおりになるのです。

エスターが映画を見ている最中に、私たちはこう言いました。

「人生も常にこのように展開しているのです。願うものにはっきりと狙いを定め、抵抗となる矛盾した波動を放たなければ、望みは何でも実現します」

望んでも実現しないとしたら、思考が願望と矛盾していて、願望の実現を許可していないのです。

〝シナリオを書く〟プロセスにも同じ効果があります。作家になりきり、書いたことがそっくりそのまま演じられるつもりになりましょう。

あまり考えすぎずに楽しんでやれば、邪魔をする信念が生じる可能性は低いでしょう。コンピュータやノートに魔力があって、書いたことは実現するというつもりでいれば、願望の実現に必要なことが実行されます。すなわち、願望の焦点が定まり、抵抗を手放せます。

このプロセスによって願望が明確になり、あなたは焦点を具体的に定めることの力を感じられるようになります。対象に長く集中すればするほど、また詳細な情報を提供すればするほど、〝エネルギー〟の動きは速くなります。そのうちに願望の勢いを感じられるようになります。〝宇宙の力〟が集まってくるのがわかるでしょう。願望が実現する瞬間が、感覚でわかるようになります。

このプロセスは少し変わっています。疑いを持つ恐れもなく、気楽に行えば、抵抗のない状態に焦点を合わせ続けることができ、何でも創造できる完璧なバランスを達成できるでしょう。

何度も繰り返すうちに楽しめるようになれば、舞台で演じられる芝居を監督しているかのように、書いたことが経験に現れ始めます。あなたが書いた台詞を知人が口にしたら、自分の意思の力に気づいてうれしくなるはずです。

あなたは自分の人生のシナリオを書く波動の作家です。〝宇宙〟にいる人はみな、あなたが割り当てた役を演じているのです。あなたは望みのままにどんな人生でも書いてよく、〝宇宙〟はあなたが決めたとおりの人、場所、出来事を届けてくれます。なぜなら、あなたは自分の経験の創造者だからです。

エイブラハム、このプロセスについてもっと教えてください

〝シナリオを書く〟プロセスは、どうあってほしいかを〝宇宙〟に伝える仕事を助けます。

あなたの波動が願望と調和しているなら、願望はすでに現実となっており、あなたにもそれがわかります。しかし、まだ実現していない願望があるなら、実現の速度を早めるのに次のプロセスを利用するとよいでしょう。シナリオを書くことで、状況をありのままに語る習慣を壊し、どうあってほしいかを語れるようになります。シナリオ執筆は波動を意図的に放つのを助けます。

――「こう生きたい」という筋書きを書く――

自分を主人公とすることから始め、次に他の主要な登場人物を特定し、いよいよ筋書きを書き始めます（特に最初のうちは実際に書くと効果があります。書くことで焦点がしっかりと定まるからです）。

このプロセスでは、生きたい人生を感じる練習をします。あなたが放っている波動が自分の経験に応じた波動か、あるいは想像していることに応じた波動かを〝宇宙〟は知りませんし、気にもしません。いずれにしても〝宇宙〟は望んだものを届けてくれます。

十分な回数、繰り返しシナリオを書けば、あなたはそれを現実として受け入れるようになり、そうすれば〝宇宙〟は同じように、それを信じて応えてくれます。

プロセス10
仕事のリスト

いつ使うか

- 〝宇宙のマネージャー〟をもっと効果的に利用したいとき
- もっと〝エネルギー〟の流れに頼って現実を創造したいとき
- 行動だけに頼らずに現実を創造したいとき
- やるべきことが多すぎると感じているとき
- 楽しいことをする時間がもっと欲しいとき

感情の現在地点

このプロセスは《感情の現在地点》が2～11の範囲にあるときに特に効果があります（〝感情の現在地点〟がわからなければ、第22章〝感情のスケール〟の22項目に目を通してください）。

感情のスケール

1. 喜び／気づき／力があるという感覚／自由／愛／感謝
2. 情熱
3. 熱意／意欲／幸福
4. 前向きな期待／信念
5. 楽観的な姿勢
6. 希望
7. 満足
8. 退屈
9. 悲観的な姿勢
10. 不満／苛立ち／焦り
11. 打ちのめされている状態
12. 失望
13. 疑い
14. 心配
15. 非難
16. 落胆
17. 怒り
18. 復讐心
19. 嫌悪／憤り
20. 嫉妬
21. 不安／罪悪感／自信喪失
22. 恐れ／悲しみ／うつ状態／絶望／無力感

ヒックス夫妻の人生が発展し、彼らのアイディアやプロジェクトの幅が広がると、エスターは仕事をリスト化したノートを持ち歩くようになりました。仕事は数ページに及び、10人がかりでも一日では終わらないほどの量でした。

「今日の仕事のリスト」と呼んでいたそのノートに仕事を書き加えるたびに、エスターは気が重くなりました。彼女は人の役に立ちたいという思いと責任感が強いせいで、その重圧に押し潰されそうでもあったのです。

レストランの席に着いて料理を待つ間に、エスターはリストに目を通しました。完了した仕事を線で消していき、1つ消すと追加の仕事を3件思い出すという有様でした。エスターは絶望感に打ちひしがれて、「エイブラハム、どうすればいいのでしょう」と助けを求めたのです。

私たちは言いました。

「目の前にあるその紙のランチョンマットを使いなさい。やり方を教えましょう。中央に縦線を引き、線の左側に見出しとして『今日の仕事』、右側に『宇宙にまかせる仕事』と書きなさい。

次に、ノートから今日中に絶対に終わらせたい仕事だけを選び、それを『今日の仕事』の見出しの下に書いて、他の仕事は全部、右側に記入しなさい」

エスターは急ぎの仕事を選び、「今日の仕事」の欄に書き写しました。重要な仕事がたくさん残りましたが、「宇宙にまかせる仕事」の欄に書き写しました。右側の欄に1項目ずつ記入するうちに、心は軽くなっていきました。

何かを達成するために、やるべきことは2つ、願望の対象を特定して、それが起こるのを邪魔しないことです。求めたら、それを許可する波動を手に入れる方法を見つけるのです。

エスターは仕事のリストについて考えることで、〝求める〟部分を強化していました。しかし、彼女が混乱してすっかり参っていたということは、これまでは求めてきたものを許可する波動の状態にいなかったのです。

「宇宙にまかせる仕事」の欄に仕事を書き写すことで抵抗が小さくなり、波動が上がり始めました。そのとき彼女は気づいていませんでしたが、引き寄せの作用点が移動して、願望の実現をただちに許可し始めていたのです。

それから数日の出来事にエスターは驚きました。一人では手に負えそうになかったいくつかの仕事があっさり片づいただけでなく、〝宇宙〟にまかせた仕事も完了したのです。しかし、エスター自身は何もしていません。電話をしても一向につかまらなかった人が、電話をかけてきてくれました。また、スタッフが積極的に手伝う気になってくれて、エスターが頼んでもいないのに仕事を終わらせてくれたのです。エスターは時間に余裕ができて多くの仕事をこなせるようになり、時間の管理が格段に改善されました。

〝仕事のリスト〟のプロセスで、エスターは自分の願望に具体的に焦点を定め、抵抗を手放せるようになったのです。

エイブラハム、このプロセスについてもっと教えてください

今では、夫妻二人だけの昼食の際、エスターはバッグから大きな用紙を1枚取り出します。そして中央に縦線を引いて、左側に「ジェリーとエスターの今日の仕事」、右側に「宇宙の仕事」と書きます。今日の仕事の欄にはその日やろうと思っていることを書き、右側には〝宇宙〟にまかせたいことを書きます。

すると、今日中に完了するべき仕事への抵抗も薄れます。そして、今日か1年後か10年後かはわかりませんが、いつかは終えたい他の仕事は〝宇宙〟にまかせることにしたのです。

ある日、レストランを出るとき、ジェリーに「書いた紙を持ってこなくていいの？」と聞かれて、エスターは答えました。

「これがこのプロセスのいいところで、あとで確認しなくてもいいの」

そう言って紙はテーブルに置いてきました。そうすることで仕事を〝宇宙〟にまかせたのです。

あなたが「私はこれがいい」「私はこれが好き」「私はこれが欲しい」と言うと、その瞬間にあなたのために用意されている宇宙の一部と〝エネルギー〟が、願望の実現に向けて調和し始めます。あなたがそう口にするよりも速く〝エネルギー〟は流れ始め、説明できない形で状況や出来事が調和し、ふさわしい場所に収まり、求めるものを与えてくれます。**抵抗しなければ、物事は時間をかけずに実現するのです。**

何が欲しいかを〝宇宙〟に繰り返し伝える必要はなく、1度伝えれば十分です。ですが、願望について話し続ければ、願望はより明確になります。

たいていの場合、1度だけでは欲しいものを全部明確に伝えることができず、何度も口にするうちに次第に微調整されていきます。ですが、「私はこれが欲しい」と言うと〝宇宙〟は現実化を始め、あなたが「こんなふうにしたい」と言うと〝宇宙〟は修正します。「それからこれも少し足してほしい」と言うと、〝宇宙〟は……、ご承知のとおり、欲しいものがはっきりしたときに、それはあなたへとやって来ます。

プロセス11

節目ごとの意図確認

いつ使うか

- 一日の特定の時間帯に、あなたの意図による影響力を強めたいとき
- 何かがうまくいかない可能性に気づき、望みどおりに物事を進めたいとき
- 時間やお金が重要なときに、それを最大限に活用したいとき

感情の現在地点

このプロセスは《感情の現在地点》が4〜11の範囲にあるときに特に効果があります

（〝感情の現在地点〟がわからなければ、第22章〝感情のスケール〟の22項目に目を通してください）。

感情のスケール

1. 喜び／気づき／力があるという感覚／自由／愛／感謝
2. 情熱
3. 熱意／意欲／幸福
4. 前向きな期待／信念
5. 楽観的な姿勢
6. 希望
7. 満足
8. 退屈
9. 悲観的な姿勢
10. 不満／苛立ち／焦り
11. 打ちのめされている状態
12. 失望
13. 疑い
14. 心配
15. 非難
16. 落胆
17. 怒り
18. 復讐心
19. 嫌悪／憤り
20. 嫉妬
21. 不安／罪悪感／自信喪失
22. 恐れ／悲しみ／うつ状態／絶望／無力感

すでにふくらんだ強力な思考を変更するよりも、まだそれほど力のない新しい思考から始めて、そこに集中するほうが簡単です。要するに、**すでにある現状を変えるより、よりよい未来を創造するほうが抵抗が少ないのです。**

あなたが今、ある状況を経験していて、そこに関心を向けているなら、そうすることで現在の状況を未来の経験に投影しています。ですが、それとは異なる**未来の経験に焦点を当てれば、異なる経験を活性化し、これまでとは違う経験を未来に投影することで現在の経験から離れられます。**

これがこのプロセスの力です。ここでは、これから始める活動ごとの節目に関してどういう波動を放つかを定めます。もっと楽しく旅ができるように、波動の道を事前に舗装しておくのです。

気分が悪いとき、つまり波動に強い抵抗があると、現在の思考からかけ離れた思考には手が届かないので、たいていの場合、これから始める節目の時間には抵抗の波動を持つ期待が投影されます。

ですから、このプロセスは気分がいいときに行うのがいいでしょう。気分がよくなければ別のプロセスを試して、まずは気分を改善してください。

このプロセスは、より意図的に思考に集中できるようにしてくれます。思考の現在の状態に気づき、どんな思考をするかを意図的に選べるようになります。やがて新しい時間の節目に入る瞬間に一瞬立ち止まり、自分の意図や期待の方向を自然に定められるようになります。

意図する思考が変わるときは、必ず新しい節目に入ります。たとえば、食器を洗っている最中に電話が鳴り出せば、節目が変わります。車に乗るときも新しい節目に入ります。誰かが部屋に入ってきたときも同様に新しい節目に入ります。

新しい節目に入る前にその活動に投影したい期待を始動させておけば、そこに入ってからあるがままを観察し始めるのではなく、事前にその節目のトーン（調子）を具体的に設定できます。

たとえば、夕食を作っていてそのリズムと流れを楽しんでいるとします。作業は時間どおりに進み、どの料理もちょうどいい具合にできそうです。そのとき電話が鳴ります（新しい節目に入ります）。あなたは電話に出ないという意図を確認します。留守番電話に応対させ、あとで折り返し電話するという意図を確認するのです。

この場合、食事の準備をするリズムと流れは邪魔されません。節目はわずかに変化しますが、バランスは保たれ、すべて順調です。

あるいは、電話が鳴ります（新しい節目に入ります）。あなたは大事な電話を待っていたことを思い出します。電話に出ないわけにはいきません。その場合、手短に終わらせて、丁寧に手際よく情報を得るという意図を確認します。すでに生まれていた肯定的な流れのおかげで、前向きな期待がそこにうまく収まり、あなたは電話に出る前から、会話をそれ以前から続いているいい気分の意図に従わせる準備ができているはずです。**あなたは知らないうちに、未来の経験に至る道を敷いているのです。**あなたは未来の経験に期待を投影し続けており、何を投影するかを意図的に考えられるようにこのプロセスが助け、それによって未来の節目をコントロールできるでしょう。

近い未来の経験でも遠い未来の経験でも事前に敷くことができます。意図的な思考が経験にどんな肯定的な影響を及ぼすかを確かめる機会を得て、あなたはもっと頻繁に実践したくなるでしょう。

新しい節目にこれまで一度も楽しめたことのない事柄がある場合、このプロセスは適していません。より負荷の大きいプロセス（プロセス13～22）のほうが効果があります。たとえば、あなたのことを嫌っているらしい姑を訪ねなければならない、あるいはあなたをいちいち苛立たせる同僚と二人きりの職場にこれから出勤しなければならないときなどです。

どういう気分になりたいか、その節目をどう展開させたいかについて意図を確認しようとしても、なかなか肯定的なシナリオが浮かばない場合は中断したほうがいいでしょう。テーマを変えて何か楽しいことを考え、あとで別のプロセスを試してみましょう。

エイブラハム、このプロセスについてもっと教えてください

あなたは技術の進んだ社会で暮らしていて、周囲からの思考の刺激を受けています。そして、そのすべてから得られるものがあります。刺激が成長の機会をもたらすからです。しかし、同時に短所も経験します。それは混乱という形で現れます。テーマを狭めて焦点を定めれば明瞭さがもたらされますが、一度に多くのものに焦点を定めれば混乱がもたらされます。

何かを考えているとき、あなたには〝引き寄せの法則〟の力によって、そのテーマに関する見識を高める能力が与えられ、最終的にはそのテーマに関するどんなことでも達成できるようになります。ですが、物質世界ではあまりにも多くの思考の刺激を与えられるので、長く1つのテーマに焦点を定め続けていられる人はごく少数です。**たいていの人は考えることが多すぎて、いずれか1つの思考を大きく育てる機会を逃すのです。**

プロセス11〝節目ごとの意図確認〟の要点は、欲しいものを明らかにし、意図的に引き寄せられるようになることです。

ここに〝意図的な創造〟の鍵があります。それは、**自分のことを「感じたままにいつで**

も引き寄せる磁石」とみなすことです。幸せだと感じると、幸せな状況を引き寄せます。健康だと感じると健康な状況を引き寄せ、豊かだと感じると豊かな状況を引き寄せます。愛されていると感じると愛情豊かな状況を引き寄せます。どう感じているかが引き寄せの作用点なのです。

このプロセスは、「この節目の経験に私が求めるものはこれだ。私はこれを求め、期待する」と、一日に何度も作業を中断して口にするよう促します。すると、欲しいものが引き寄せられるようになります。

ですが、節目ごとの意図確認のプロセスが効果的なのは、考えるべきことがたくさんありすぎて、一度に全部考えようとすると途方に暮れてしまいそうになるからです。一度にあれもこれも処理せずに済むのが、節目ごとに意図することのよさです。ただ、**「今欲しいものは何か」**と問えばよいのです。

一度に全部求めれば、混乱が増します。ですが、瞬間ごとに望みの細部に焦点を絞れば、創造に明瞭さと力がもたらされ、その結果、速度が増します。

複数の節目をまたいで焦点を定め続けていられる人もいるでしょう。ですが、一日の大半を焦点を定めたまま過ごせる人はごくわずかです。なので、節目を特定すること、そのうち特に重要なものを見極めると意図することが、一日中、細かく区切った時間ごとに意図を確認して引き寄せる者、すなわち創造者の立場にあなたを立たせてくれます。

――ある一日の節目ごとの意図確認――

新しい節目に入ろうとしていることを自覚して、意図を確認して過ごす一日を例にとって説明します。

あなたは、一日を終えてベッドに入る前にこのプロセスを使うと決め、眠るのは新しい節目に入ることだと気づいたとしましょう。枕に頭をのせて横になり、寝る準備をし、ぐっすり眠ることを意図します。身体の組織を回復させ、朝目覚めたときに気分爽快であるように期待します。

翌朝、目覚めて新しい節目に入ったことを認め、ベッドの中でぐずぐずしている時間からベッドを出るまでが1つの節目だと認めます。「ここで横になっている間、今日一日の具体的なイメージを描き、楽しい気分で今日という日を迎えることを意図する」など、その時間に対する意図を示します。そして横になったまま、これから始まる一日への活力が湧くのを感じます。

ベッドから出ると、新しい節目に入ります。その時間は一日を迎える準備にあてることにします。歯を磨いたりシャワーを浴びたり、朝一番にするべきことをして手際よく用事をすませ、その日に備える楽しい時間とすることを目指します。

朝食を用意するときは、栄養バランスのいい食品を選びます。活力を得て、食事を楽しむことを意図します。そんな意図を示せば若さが戻ってきて、気分は爽快です。何も意図しなかった場合よりも食事を楽しめるでしょう。

車に乗るときは、安全に移動し、前に進みながら意気揚々と幸せを感じるように意図します。車を降りたら、新しい節目に入ります。しばし立ち止まり、今いる場所から目的地に歩いていく自分の姿を想像し、歩きながら気分が高揚していく様子を思い浮かべ、無事に移動することを意図します。

もちろん、あなたの節目はここに示すとおりではないでしょうし、毎日同じでもないでしょう。最初はすぐには節目を特定できないのを感じるはずです。場合によっては、ノートを持ち歩き、実際に立ち止まって節目を特定したほうが楽かもしれません。書くことでより明確になり、焦点を絞れます。

このような一日を過ごすうちに、あなたは意図がもたらす力とはずみを感じるに違いありません。

プロセス12

そうだったら、いいよね？

いつ使うか

■いやな気分に傾いて抵抗していることに気づき、もっと気分をよくしたいとき
■すでに気分がよく、人生の特定の分野にもっと明確に焦点を絞りたいとき
■否定的な会話もしくは否定的な方向に向かいつつある会話を、自分のためになる肯定的な方向に誘導したい、もしくは誰かを誘導したいとき

感情の現在地点

このプロセスは《感情の現在地点》が4〜16の範囲にあるときに特に効果があります（〝感情の現在地点〟がわからなければ、第22章〝感情のスケール〟の22項目に目を通してください）。

感情のスケール

1. 喜び／気づき／力があるという感覚／自由／愛／感謝
2. 情熱
3. 熱意／意欲／幸福
4. 前向きな期待／信念
5. 楽観的な姿勢
6. 希望
7. 満足
8. 退屈
9. 悲観的な姿勢
10. 不満／苛立ち／焦り
11. 打ちのめされている状態
12. 失望
13. 疑い
14. 心配
15. 非難
16. 落胆
17. 怒り
18. 復讐心
19. 嫌悪／憤り
20. 嫉妬
21. 不安／罪悪感／自信喪失
22. 恐れ／悲しみ／うつ状態／絶望／無力感

あなたが「まだ起きていない〇〇のことが起きてほしい」と言うと、願望の波動だけでなく、欠乏状態の波動を発生させます。そのため変化は起こりません。また、この文の前半を省いて「〇〇のことが起きてほしい」とだけ言ったとしても、願望の実現を許可しない状態に引き留める無言の波動を内面で発しています。

ですが、**「この願望が実現したらいいよね?」**と言えば、ずっと抵抗の小さい別の種類の期待が生まれます。

自分への問いかけは、肯定的で期待に満ちた反応をあなたから自然に引き出します。このプロセスはあなたの波動を上げ、引き寄せの作用点を改善します。望むものへとあなたを無理なく方向転換させるからです。


ここにいる仲間たちと最高の時間を過ごせたらいいよね?

道路が渋滞せず、楽しい旅ができたらいいよね?

職場で実りある一日を過ごせたらいいよね?


また、すてきな人間関係を見つけることがテーマかもしれません。


私が相手を思うのと同じように、私のことを大切に思ってくれる素晴らしいパートナーが見つかったらいいよね?

私にパートナーが見つかり、夕日の見える場所でワルツを踊れたらいいよね?

私のようなパートナーを探している人がいたらいいよね？

このプロセスが効果的なのは、**この言葉を口にするとき、欲しいものを選びながらも願望について穏やかで気楽な気分でいられるからです**。要するに、真剣になりすぎないので波動がとても落ち着いているのです。

たとえば、体重を減らしたいとしましょう。例文を示します。

効果のあるダイエット法と出合えたらいいよね？
身体の新陳代謝がもう少し高まるといいよね？
効果的なダイエット法を見つけた人と出会って、それでやる気が出たらいいよね？
この写真の人のようになれたらいいよね？

あなたの理屈っぽい一面がこう言うかもしれません。
「私は前から痩せようとしてきたの。痩せる方法がわかっていて、それができるならとっくにやってるわ」

この場合、あなたは願望と矛盾することを言っています。そして、その波動に自分を留めようとしています。ですが、このプロセスを実践すれば、そのような波動はほとんど消えます。

私の身体が夢と同調したらいいよね？
この方法がこれまでよりずっと簡単だとわかるといいよね？
自分の身体のことで気が楽になれたらいいよね？
私の身体の食べ物への反応が変わったらいいよね？
運動する意欲がもっと湧くといいよね？

このプロセスに優しい気持ちで取り組むことで、あなたはこの同調の場に自分を留めることになります。他にも、そのテーマから完全に離れて二度と考えないようにする方法がありますが、それは簡単ではありません。どこに行こうと身体はついてくるからです。だとしたら、〝～だったらいいよね？〟という気分のよくなる思考を選ぶしかないでしょう。
また、すぐに効果が現れるのを期待してはいけません。効果はこれ以外には考えられないというタイミングで現れます。

プロセス13

いい気分の思考はどれ？

いつ使うか

- たった今、どう感じているかに意識的に気づきたいとき
- ある決断を迫られていて、できるだけいい方向を目指したいとき
- 〝感情の現在地点〟を判断したいとき
- 意識的に〝感情による誘導システム〟に気づきたいとき

感情の現在地点

このプロセスは《感情の現在地点》が4～17の範囲にあるときに特に効果があります（〝感情の現在地点〟がわからなければ、第22章〝感情のスケール〟の22項目に目を通してください）。

感情のスケール

1. 喜び／気づき／力があるという感覚／自由／愛／感謝
2. 情熱
3. 熱意／意欲／幸福
4. 前向きな期待／信念
5. 楽観的な姿勢
6. 希望
7. 満足
8. 退屈
9. 悲観的な姿勢
10. 不満／苛立ち／焦り
11. 打ちのめされている状態
12. 失望
13. 疑い
14. 心配
15. 非難
16. 落胆
17. 怒り
18. 復讐心
19. 嫌悪／憤り
20. 嫉妬
21. 不安／罪悪感／自信喪失
22. 恐れ／悲しみ／うつ状態／絶望／無力感

あらゆる物事は2種類に分かれます。あなたが望むものと望むまないものです。両者の波動が異なることを理解していないと、願うものに焦点を定めていると信じていても、実はまったく正反対の状況に焦点を定めているかもしれません。

健康な身体に焦点を定めていると信じながら、病気への恐れに焦点を合わせている人がいます。経済状態をよくしたいと考えているつもりでも、お金のない状況に焦点を合わせていることがあります。

対象はお金や健康であり、彼らは常にその対象に焦点を定め、欲しいもののことを考えていると信じています。しかし、そうでないことが少なくありません。「ずっと前から私はこれを求めてきました。どうしてまだ実現しないのでしょう」と言う人がいます。彼らはどんなものも望むものと望まないものの2種類しかないことに気づいていないのです。

たとえば、彼らはお金の話をしていれば欲しいもののことを話していると考えますが、実際には欲しいものとは反対の状況に焦点を絞っているのです。自分がどう感じるかを敏感に察知したときにのみ、自分の波動の内容を知ることができます。ですが、少し練習すれば、何に焦点を定めているかが常に正確にわかるようになります。

〝いい気分の思考はどれ？〟のプロセスは、現在の思考の波動を意識して確認できるようにするもので、一人で取り組むのが効果的です。あなたがどの思考をもっともいい気分と感じるか、他の人は知ることも理解することもできないからです。また、人が関わっていると、その思考があなたの気分をよくしているのか判断に迷うこともありますし、あなたがその思考をしているのは、相手があなたにそれを選ばせたがっているからなのか、混乱が生じるかもしれないからです。

どう感じるかを見極めようとしているときは、他人の考え、願望、意見、信念はわきにのけておくことです。

エイブラハム、このプロセスについてもっと教えてください

机の前に座って思考を紙に書き出すほうが効果があります。このプロセスを繰り返せば、考えを頭に浮かべるだけで効果が現れるようになるでしょう。ですが、紙に書いたほうがしっかり焦点が定まり、選んだ思考の方向を感じやすくなります。

まず、対象についてたった今、どう思っているかを描写する短文を作ります。出来事を描写してもかまいませんが、重要なのはどう思うかを表現することです。

次に、より詳しく描写する別の文を書きます。プロセスに取り組むうちに改善点を認識しやすくなります。

たとえば、あなたの娘が家事を手伝おうとしないせいで口論になったとします。娘は自分の持ち物さえ片づけようとせず、部屋も散らかっています。住まいを整えようというあなたの努力にまったく無関心です。娘は手伝わないだけでなく、わざと邪魔しているよう

にさえ見えます。そこであなたは次のように書きます。

娘はわざと私の生活の邪魔をしようとしている。
娘は私にまったく関心がない。
娘は自分のやるべき仕事さえしようとしない。

たった今どう思っているかを描写する文をいくつか書いたら、「私はこのテーマに関して少し気分のよくなる思考に手を伸ばす」と宣言します。思考を紙に書いたら、プロセスを始めたときよりも気分がよくなったか、変わらないか、気分が悪くなったかを評価します。次のように書きます。

娘は私の言うことを聞かない。（同じ）
私は娘にもっと責任を持ってもらいたい。（同じ）
娘が散らかしたものを私が片づけてばかりいるのはおかしい。（同じ）
私は娘をきちんとしつけるべきだった。（悪い）
夫にもっと私の味方をしてほしい。（悪い）

家が片づいていることは私にとって重要だ。(少しよい)
娘の頭の中が他のことでいっぱいなのはわかっている。(よい)
私が10代の頃の生活がどうだったかを覚えている。(よい)
私は娘が幼い頃のことを覚えている。(よい)
私は娘が今も幼い女の子だったらと思う。(悪い)
このことについてどうすればいいかわからない。(悪い)
この問題を今日中に全部解決する必要はない。(よい)
娘にはいいところがたくさんある。(よい)
人生には家を片づけるよりも大切なことはいくらでもあると知っている。(よい)
今は娘が部屋を片づけなくてもかまわない。(よい)

答えに正しいか、間違っているかはなく、どれが気分がよくなり、どれが気分が悪くなるかについて他人には知りようがありません。このプロセスの目的はそれぞれの思考をどう感じるかに気づくことであり、やがていい気分の思考を選ぶのがうまくなるでしょう。「でも、娘のだらしなさに気分がよくなるのはいいことなのでしょうか？　私が何を考えようと娘の態度は変わらないでしょう」と言う人はたくさんいるはずです。

あなたの思考はあなたと関わりのある人々の行動や物事を変えます。あなたの思考は引き寄せの作用点であり、あなたの気分がよくなれば周囲の物事や人をめぐる状況もよくなります。あなたがいい気分を見つけた瞬間に、その気分に合わせて状況が変わるのです。

――正しいか間違いかではなく、どちらが気分がいいか――

「私がもっといいものに手を伸ばすのをやめることはあるでしょうか？」

いいえ。あなたが時間やお金の制限を排除し、あなたが思いつくあらゆるアイディアを宇宙はそのとおりになるようにしてくれるだろうと信じるなら、あなたはアイディアをどんどん前に進められるでしょう。しかし、あなたが限界を感じていれば、アイディアが浮かぶたびにそれを押さえ込もうとします。

あなたはこう言うかもしれません。

「今のところ、私たちにはやりたいことを全部実行するだけのお金がありません。キッチンをリフォームしたいけど、まとまった額の借金はしないと決めた以上、それは守りたい。だとしたら次々に生まれるアイディアをどうすればいいでしょう？」

私たちは尋ねます。今すぐ全部実現させないといけないのですか？

「今すぐでなくても、できるだけ早く、私たちはこれとこれをする」というふうに言い換えられないでしょうか？　そう言えるなら、あなたはアイディアを育てて楽しむことから始められます。ですが、期日を定めてそれに自分を追い込んでしまうと、時間とお金がたびたび不足して〝エネルギー〟に抵抗し、悲惨な結果になるでしょう。そして、そのアイディアを思いつかなければよかったとさえ願うようになります。

ですが、あなたは「目の前にはこれまでに整えてきたキッチンがあり、当面はすでにあるものと、将来に向けて思いつくアイディアだけで満足だ」と言うことができます。そしてある日、新しい家に引っ越したときに、あなたが思い描いてきたものがすべてそろっているのに驚くかもしれません。それは十分なお金と時間ができたときに実現するでしょう。つまり、〝宇宙〟はあなたが思いついたアイディアに反応して、それを自由に流れさせようと待ちかまえているのです。

次のように考えるといいでしょう。気分のいい願望なら、すべてうまくいきます。不安があるなら、あなたは自分の信念より先に進もうと焦っている願望を抱いているということです。しかし、「今すぐこれをする必要はない。将来に向けて取っておこう。いいアイディアだからこれきりにするつもりはない。現状には合わないが、いずれ私たちの生活の一部となるだろう。当面は現状に満足している」と言って願望をなだめることができます。ただちに実現させて借金を抱えるか、それとも「これは将来の楽しみにとっておくべきことだ」と言うか、どちらが気分がいいでしょうか？

ヒックス夫妻は常にこの問題に直面しています。エスターが今すぐ何もかも欲しがるからです。そうしていけない理由はありません。ただし、彼女が結婚した相手（ジェリー）は物事をじっくりと楽しむタイプでした。ジェリーが恐れていたのはお金がなくなることではなく、アイディアが尽きることです。要するに、あまり早急にアイディアを使い果たしたくないのです。ジェリーはどのアイディアからも搾《しぼ》れるだけ搾り尽くそうとします。一方のエスターは、アイディアのさわりだけなぞりたいタイプです。

ですから、二人はそれぞれのやり方を見つけています。どちらが正しく、どちらが間違いということはありません。ジェリーにはアイディアが尽きることはないから、そうしたければ表面だけなぞるのもいいと私たちは言います。すると、ジェリーは答えます。「でも、私は自分のやり方でアイディアを展開させたいのです。創造の作業に自分がしっかり関われば、より大きな満足が得られるからです」

それなら、それがあなたにとって正しいやり方です、と私たちは答えます。

借金するのと貯金ができるまで待つのと、どちらが気分がいいですか？　貯金ができるまで待つほうでしょう。

ないのを我慢することにしたと言うのと、これは将来に取っておくと言うのと、どちらが気分がいいですか？　将来に取っておくほうでしょう。

キッチンが最新式でないことに文句を言うのと、今のところキッチンは申し分なく、これから少しずつよくしていくのだと考えるのと、どちらが気分がいい？

称賛するのと非難するのと、どちらが気分がいい？

あなたがしたことをほめるのと、自分のしていることは十分ではないと批判的になるのと、どちらが気分がいいですか？

よく考えてみてください。

プロセス14

部屋を片づける

いつ使うか

- 片づけられないせいでストレスがたまるとき
- 物を探すのに手間取りすぎるとき
- よその家のほうが居心地がよくて、自宅を避けていることに気づいたとき
- するべきことをする時間が足りないとき

感情の現在地点

このプロセスは《感情の現在地点》が4～17の範囲にあるときに特に効果があります（〝感情の現在地点〟がわからなければ、第22章〝感情のスケール〟の22項目に目を通してください）。

感情のスケール

1. 喜び／気づき／力があるという感覚／自由／愛／感謝
2. 情熱
3. 熱意／意欲／幸福
4. 前向きな期待／信念
5. 楽観的な姿勢
6. 希望
7. 満足
8. 退屈
9. 悲観的な姿勢
10. 不満／苛立ち／焦り
11. 打ちのめされている状態
12. 失望
13. 疑い
14. 心配
15. 非難
16. 落胆
17. 怒り
18. 復讐心
19. 嫌悪／憤り
20. 嫉妬
21. 不安／罪悪感／自信喪失
22. 恐れ／悲しみ／うつ状態／絶望／無力感

雑然とした環境は引き寄せの作用点を混乱させることがあります。返信していない手紙、未払いの請求書、書類の山などに囲まれていると、人生に悪影響を及ぼすことがあります。

物はみな独自の波動を放っており、あなたはあらゆる物と波動で関わるので、持ち物は

あなたの感じ方や引き寄せの作用点に影響します。

散らかった部屋を片づけようとするとき、主な障害が2つあります。1つは、捨てた物があとで必要になった経験から、物を捨てるのがもったいなくなってしまうというものです。もう1つは、徹底的に片づけるには時間がないと思うことです。これまでも部屋を片づけようとするたびに物を仕分ける段階から先に進めなくなり、始めたときよりも散らかったまま時間切れとなったことがあるでしょう。

このプロセスで採用する仕分け法は、あとで必要になりそうな物を捨ててしまう恐れがなく、しかも短時間で終わり、作業が長引くことはありません。

まず、蓋のある段ボール箱を用意します。20個ほど用意しましょう。色も大きさも同じだと申し分ありません。きれいに重ねられて、見た目もすっきりします（情報カードと小型ボイスレコーダーも用意します）。

最初に5つか6つ、片づけたい部屋の中央に置きます。箱に1から順に番号をふります。室内を見回して特定の物に目を向け、「これは差し当たって必要か」を判断します。答えがイエスなら元の場所に戻します。答えがノーならいずれかの箱に入れます。部屋にある物を1つひとつ順番に見ていき、この手順を繰り返します。

このプロセスの長所は、仕分け作業の大半を今すぐやらなくてもいい点です。とりあえず散らかっている物をまとめます。

箱に物を入れるたびに、レコーダーに「未開封のギターの弦、1番の箱」「古い携帯電話、1番の箱」と録音していきます。箱が5、6個あればざっと分類できます。雑誌の箱、衣料品の箱、小物類の箱という具合に分けます。仕分け作業に熱中しすぎないように。録音した内容をあとでカードに書き写します。

その場で完璧に仕分けなくてもいいので作業は短時間で終わります。部屋が少し片づき、何がどこにあるかすべて正確に記録してあるので、紛失する心配もなく、気分がよくなるはずです。壁際やガレージなどに箱を置く場所を見つけ、必要な物はすぐに取り出せると信じましょう。

何週間かして、仮に3番の箱に入れた物をどれも必要としていないことに気づいたら、その箱は家の外の物置などに移すか、中身を捨てて箱を取っておき、また部屋が散らかったときに再利用してもいいでしょう。このプロセスを続けるうちに、適切に住環境を管理できているのに気づいて気が楽になるはずです。

エイブラハム、このプロセスについてもっと教えてください

物質世界の〝存在〟は、物を貯め込む習性があります。

あなたは物質的な現実化を重視するようになっています。すると、あなたは現実化させた物に埋もれてしまいます。

多くの人が物を探すのに時間をとられています。仕分けの必要な物が多すぎるうえに、物を貯め込む習性のせいで、誰もが本来備えているはずの自由が妨げられるからです。むなしさを伴う悲しみを味わうと、人はしばしばそのむなしさを物で埋めようとします。そういう人は、今あなたにとって重要でない物を全部処分してください。

着なくなった服を手放し、使わないものを手放し、整然とした場所ですごせば、本当のあなたとより調和した物事が容易に流れてきます。あなたには引き寄せる力があるのに、いらなくなった物でそのプロセスが詰まると、新しい引き寄せに時間がかかります。すると、あなたは不満を感じて参ってしまうのです。

――片づいた場所にいる自分を想像して、その感覚を目指す――

あなたは整然とした場所にいて、どこに何があるかすべて把握していると想像してください。その場所を居心地よく整える様子を想像してください。ここで目指すのは、その心地いい感覚です。

エスターはときどき母親のことを思い出します。母親はエスターが子どもの頃、毎日朝から晩まで働きづめでした。一家の敷地は広く、エスターの母親は広大な庭の芝刈りをほとんど一人でこなしていました。当時は乗用芝刈り機などありませんでした。芝刈りが終わり、スプリンクラーで水をまく準備を終えると、母親がポーチに座って、きれいになった庭を眺めていたのをよく覚えています。エスターは隣に座って、刈ったばかりの草の匂いを嗅ぎ、母親のことを理解しているという満足感を味わったものです。

芝刈りの日、エスターはいつも幸せでした。

ジェリーとエスターは、それと似た感覚を彼らが開催するセミナーの最後にたびたび味わいます。それは仕事を無事にやり終えたという感覚、すべてが整っているという感覚で、とてもいい気分です。

そのように感じられる場所をあなたもあらかじめ探しておきましょう。そうすれば、〝エネルギー〟、明晰さ、アイディアがそろい、物質世界があなたにとってふさわしい場所となるように、あらゆる助けの手が差し伸べられるでしょう。

散らかった物を1つずつ手に取って箱に入れていけば、散らかる物を箱に入れる作業は1、2時間で終わります。何をどの箱に入れたかは録音してあるので、あとで聞き直して「水着は1番の箱」とカードに書き、水着が必要になったらカードを見て探します。

このプロセスを実践した人の大半は、いったん箱に入れた物が必要になることはめったにないのに気づきます。1、2年も箱に入ったまま一度も出番がなかったと気づいたら、寄付するか、あるいは捨ててもいいと思えるでしょう。

プロセス15

1万円札の入ったお財布

いつ使うか

■お金についての現在の感覚を改め、お金をもっと引き寄せたいとき
■具体的な願望に関するエネルギーを流したいとき
■お金がないと感じているとき

感情の現在地点

このプロセスは《感情の現在地点》が6～16の範囲にあるときに特に効果があります（〝感情の現在地点〟がわからなければ、第22章〝感情のスケール〟の22項目に目を通してください）。

感情のスケール

1. 喜び／気づき／力があるという感覚／自由／愛／感謝
2. 情熱
3. 熱意／意欲／幸福
4. 前向きな期待／信念
5. 楽観的な姿勢
6. 希望
7. 満足
8. 退屈
9. 悲観的な姿勢
10. 不満／苛立ち／焦り
11. 打ちのめされている状態
12. 失望
13. 疑い
14. 心配
15. 非難
16. 落胆
17. 怒り
18. 復讐心
19. 嫌悪／憤り
20. 嫉妬
21. 不安／罪悪感／自信喪失
22. 恐れ／悲しみ／うつ状態／絶望／無力感

あなたの住んでいる世界で、お金に関する波動ほどたくさん放出されている波動はないでしょう。物質世界の幸福はお金によって豊かに流れてくると考える人が多いからです。

ところが、**多くの人はお金がある状況ではなく、知らないうちに「ない」状況に焦点を**

定めています。そのため、欲しいものを明確に意識しているにもかかわらず、自分を願望から遠ざけています。本来なら、あらゆる形の豊かさがたやすく経験に流れてくるのが自然です。

〝1万円札の入ったお財布〟のプロセスは、お金を遠ざける波動ではなく、お金を受け取れる波動を放つように助けてくれます。

まず、1万円札を財布に入れましょう。常に持ち歩き、財布を手にするたびに1万円札が入っていることを思い出し、お札がそこにあることに満足し、その安心感をたびたび思い浮かべます。

次に、一日の間に1万円で買える物をいくつも思い浮かべます。しゃれたレストランの前を通ったら1万円札のことを思い出し、どうしてもその店に入りたければ、立ち寄っておいしい料理を食べてもいいでしょう。デパートで商品を見たら1万円札のことを思い出し、どうしても欲しければ買ってもいいでしょう。

ですが、1万円札を持ち歩き、すぐに使わずに取っておけば、お金のことを考えるたびにその波動のよい影響を受けます。1万円札のことを思い出し、目に留まった最初のものにお金を使えば、お金に関する幸福を味わうという恩恵を受けるのは一度だけです。ですが、一日のうちに20回、30回と1万円を使う想像をすれば、20~30万円使ったのに等しいよい影響がもたらされます。

欲しい物を買ったり、したいことをしたりする力を財布の中に忍ばせていることを認めるたびに、金銭的豊かさの感覚は高まり、引き寄せの作用点が移動し始めます。**豊かさを引き寄せるのに実際に豊かである必要はなく、ただ豊かだと感じればいいのです。**つまり、豊かさが足りないという感覚は抵抗を生み、抵抗は豊かさを受け入れません。

今あるお金を何度も使う様子を想像することで、あなたは〝無上の幸福〟、安全、豊かさ、経済的安定の波動を実践しており、〝宇宙〟はあなたが達成した波動と一致する豊かさを実現します。

金銭的な豊かさの感覚を手にしたとたんに奇跡のような出来事が起こり始めます。収入が増えるでしょう。予定外のお金が手に入るようになります。雇い主は昇給を検討し、知らない人がお金を寄付してくれます。欲しがっていたもの、お金を払ってでも手に入れたかったものが、お金を使わずに手に入るようになるのです。あなたにはあらゆる豊かさを手にする機会が与えられるでしょう。

これも手に入れられるし、あれも手に入れられる。あれを買うこともできる……。

あなたはそのための手段を実際に手にしているのですから、豊かではないのにふりだけしているわけではないので、金銭面の流れを邪魔する疑念や不信感はなくなります。

このプロセスは簡単な割に効果的で、お金に関する引き寄せの作用点が変わります。経済状態がよくなれば、1万円の蓄えは10万円、100万円、1000万円と増えるかもしれません。〝宇宙〟が与えてくれるものに限界はありませんが、**豊かさという喜びを自分へと流れさせるには、豊かさに関していい気分になることです。**自分の経験にお金を受け入れるには、お金に関していい気分でいることです。

エイブラハム、このプロセスについてもっと教えてください

あなたはシーソーの上で常にバランスをとっていることを忘れないでください。不足について考えるのをやめようとしても、それはそっと忍び込んできます。あなたはいつもその影響にさらされています。ですが、〝エネルギー〟を豊かさの側へと送るように、もっと多くの思考を意図的にして、あなたが求める繁栄に向けて〝エネルギー〟を意識して使えばいいのです。

1万円にどれだけの使い道があるかに気づいて一日を過ごすうちに、あなたは〝エネルギー〟を意図的に使って豊かさの感覚を広げていけるでしょう。

ある人が言いました。

「エイブラハム、1万円では大した物は買えませんよ」

この人は大事なことを忘れています。一日に1万円を1000回使えば、1000万円使ったことになるのです。すると、豊かさの感覚は強まります。あなたがどう感じるかが引き寄せの作用点となるのです。

このプロセスも、気分をよくするものに意図的に関心を向ける方法の1つです。

プロセス16

思考を反転する

いつ使うか

■以前に作成した文が、引き寄せたいものと正反対だと気づいたとき
■引き寄せの作用点を改善したいとき
■気分はかなりいいが、もっとよくなるはずであり、今すぐよりよくするために使える時間があるとき

感情の現在地点

このプロセスは《感情の現在地点》が8～17の範囲にあるときに特に効果があります（〝感情の現在地点〟がわからなければ、第22章〝感情のスケール〟の22項目に目を通してください）。

感情のスケール

1. 喜び　気づき／力があるという感覚／自由／愛／感謝
2. 情熱
3. 熱意／意欲　幸福
4. 前向きな期待　信念
5. 楽観的な姿勢
6. 希望
7. 満足
8. 退屈
9. 悲観的な姿勢
10. 不満／苛立ち／焦り
11. 打ちのめされている状態
12. 失望
13. 疑い
14. 心配
15. 非難
16. 落胆
17. 怒り
18. 復讐心
19. 嫌悪／憤り
20. 嫉妬
21. 不安／罪悪感／自信喪失
22. 恐れ／悲しみ／うつ状態／絶望／無力感

欲しいものとは正反対の波動を放つものに、知らずに焦点を合わせていることがあります。〝思考を反転する〟プロセスは、あなたが今放っているのが欲しいものに関わる波動か、欲しいものがない状態に関わる波動かに気づけるようにしてくれます。

また、この〝思考を反転する〟プロセスは、波動の習慣を変えるきっかけとなることがあります。願望を明確に特定するのを助けるからです。ですが、たいていの場合、両者の波動の差が大きすぎて、願望を抱いただけでは、ただちに波動を移すことはできません。たとえば、体調が悪いときは健康になりたいとはっきりわかります。あるいは、お金がないときはもっとお金が欲しいとはっきりわかります。欲しいものに関心を向け、その関心を保ち続けることで、あなたはその場で波動を放ち始めます。

最初のうちは欲しくないものに気づくことで欲しいものが特定されます。願望について話していても、あなたの波動は言葉と一致していないかもしれません。〝思考を反転する〟プロセスを続けると、欲しくないものに焦点を定めていることを教えてくれるいやな感情を感じたときに、立ち止まって「欲しくないものが何かはわかっている。では、欲しいものは何か?」と考えられるようになり、その対象に関するあなたの波動がやがて変化します。あなたは徐々に波動の方向を変えていき、やがて改善された波動が優勢になります。

このプロセスを、引き寄せの作用点を少しずつ変える方法と考え、そのあとに訪れるよい結果を楽しんでください。

エイブラハム、このプロセスについてもっと教えてください

重要なのは、あなたは自分の経験を引き寄せる当事者であり、思考によって引き寄せているということです。**思考には磁力があります。考えると、さらなる思考を引き寄せ、やがて何を考えようと、その波動の本質を実現させます。**

あなたがいやだと思う感情（恐れ、疑い、不満、孤独など）を経験したことがあれば、そのいやな感情の中であなたは、〝内なる存在〟の居場所あるいはその正体と波動が調和していないことを考えているのです。

あなたがこの身体にいて、〝内なる存在〟が知りえたことと調和しない思考に焦点を定めれば、いやな感情が湧くものです。

あなたの偉大な智恵と調和しないことを考えると、〝生命力〟の流れ（〝内なる存在〟から身体の組織に流れる〝エネルギー〟）は妨げられたり制限されたりします。すると、いやな感情が湧きます。これを長く続けていると、身体の組織が衰えます。あらゆる病気はいやな感情を許容した結果だと私たちが言うのはそのせいです。

負のエネルギーの感覚は、人が深い智恵と調和していないことを教えていると理解すれば、多くの人が「もっと頻繁にいい気分を味わいたい」と思うようになります。これは素

晴らしい気づきです。なぜなら、いい気分になりたいというのは、前向きなことを引き寄せる場に行きたい、もしくは気分がいいときに考える思考がより深い自分の認識と調和する場にいたい、ということだからです。

――欲しくないものから欲しいものへ軸足を移すために――

あなたは思考の影響が大きい次元で暮らしているので、いたくない場所から行きたい場所に移動できるように助けてくれるプロセスを用意しておくことは有益です。〝思考を反転する〟プロセスはまさしくそのためのプロセスです。

いやな感情が湧いているなら、あなたは何が欲しいか特定するのに適した場所にいるといえるでしょう。望まないことを経験しているときほど願望が明らかになることはありません。その瞬間に立ち止まって、**「ここには何か重要なことがある。そうでなければこれほどいやな感情は湧かないだろう。私は欲しいものに焦点を定めなければならない」**と言って欲しいものに関心を向けると、途端にいやな感情もネガティブな引き寄せも止まります。

すると、ポジティブな引き寄せが始まります。そして、あなたは気分のよくない状態から気分のいい状態に移ります。

突然、純粋にいい感情しかない場所、純粋によい〝エネルギー〟しかない場所にあなたが行くことはありません。あなたが望むあらゆるものの内に、欲しいものがない正反対の状況が自然に存在します。あなたは欲しいものが何かを明らかにし、意図して思考を願望の方向に保つのです。〝内なる存在〟から生じ、いい感情か悪い感情かを見分ける**感情による誘導システムは、あなたが欲しいもののことを考えているか、それとも欲しいものがない状態のことを考えているかを教えてくれます。**

ある若い父親が質問しました。

「私の息子は、もう大きいのにおねしょが治りません。どうすればいいでしょう」

私たちは尋ねました。

「朝、子ども部屋に行ったときのことを話してください」

「部屋に入ると、またおねしょをしたとすぐわかります。におうのです。がっかりして腹が立ち、そのあといらいらします」

私たちは答えました。

「なるほど。おねしょが治らないのはあなたのせいですよ。息子さんには何と声をかけるのですか？」

「ぬれた服を脱いでお風呂に行きなさい。もうおねしょをする年じゃない、この話は前にもしたはずだと言いました」

私たちは言いました。

「子ども部屋に入るとき、また望まないことが起こったと知っていやな感情が湧いたら、立ち止まって、自分が望んでいることは何かと自問しなさい。息子さんのしたことに思考を向ける前に、自分の望みに思考を集中すれば、状況は改善するでしょう」

その後、この父親に、自分が何を望んでいるかに気づけたかどうか尋ねました。

その人は言いました。

「息子にはおねしょをせずに気持ちよく目覚め、自分に自信を持ち、ばつの悪い思いをしないでほしいと思っています」

「よろしい。そう考えているのなら、あなたからにじみ出るものが、望むことと調和するでしょう。そして、あなたはもっと前向きで力強い影響を息子さんに与えるでしょう。そうすれば、『ああ、これが成長するということなのだ。私たちみんなで乗り越えていくのだ。おまえはみるみる成長している。さあ、ぬれた服を脱いでお風呂に行きなさい』といった言葉が出てくるでしょう」

数週間後にこの若い父親が電話をくれて、息子のおねしょが治ったと教えてくれました。

いやな気分が湧いたら、あなたにとってうれしくない何かを引き寄せています。それは例外なく、望むものがない状態に焦点を合わせているからです。

いやな感情が湧くのがよくないとは言いません。いやな感情によって、よくないものを引き寄せている事実に気づかされることが少なくないからです。

いやな感情が湧いていると気づいても、あまり自分を責めないでください。気づいたら、できるだけ早く立ち止まって、**「私はいやな感情を味わっている。つまり望まないものを引き寄せている。私が望むものは何だろう?」**と口にしてみてください。

このプロセスは簡単で、**「私は気分をよくしたい」**と口にすればいいのです。気分が悪いときは立ち止まって「気分をよくしたい」と言いましょう。すると、ポジティブな思考が近づいてきます。そして、その思考は新しい思考を次々と引き寄せます。やがて、あなたはあなたの偉大な智恵と調和する波動で振動し始めます。すると、ポジティブな創造が湧き出すでしょう。

——思考は別の思考につながり、さらに別の思考につながる——

ジェリーは思考が別の思考にどうつながっていくのかについて、わかりやすいたとえ話を考えました。

港に入ってくる大型船を、太いロープで岸壁に係留しなければなりません。ロープは太くて重く、投げても岸に届きません。代わりに撚《よ》り糸を丸めた小さい玉を投げます。撚り糸の玉は少し太いロープにつながれ、さらに太いロープにつながっています。こうして岸に渡した撚り糸を順にたぐっていくことによって、いちばん太いロープを岸に渡すことができました。**思考はこのように別の思考とつながっているのです。**

何かに関するネガティブなロープをたぐり寄せすぎると、よくない方向にあっさり向かってしまいます。何か一言口にしたり、思い出したり、提案したりしただけで、すぐに気分が沈んでいきます。そして、長くそこにしがみついていたせいで、ネガティブなロープを手放せないことがあります。しかしながら、いやな感情が湧いている最中によくないものを引き寄せていると気づいたら、気分をよくすることを第一に考えることでネガティブなロープを楽に手放せるようになります。

（初期の漠然とした段階で）ネガティブな撚り糸の玉の先を引っ張っていると気づいたら、それをすぐに手離してポジティブな撚り糸をつかむのには、〝思考を反転する〟プロセスと〝プラス面を記すノート〟のプロセスが役に立ちます。

思考は引力が強い（さらなる思考を引き寄せる）ので、気分のよくないことばかり考えていると、〝思考を反転する〟プロセスで対処できないほどのネガティブなエネルギーが流れてくるまで、一連の思考に焦点を合わせたままでい続けてしまうことがあります。

ですから、このプロセスは早めに実践してください。何を望んでいるのか漠然としたまま一日を始め、ネガティブな反応を感じながらやっと切り替えようと決意するよりも、プラス面を探すと決意して一日を始めるほうが、はるかに実りがあります。

プロセス17

「いい気分」の思考に変える

いつ使うか

- 現在の〝引き寄せの作用点〟が望む場所にないと気づいたとき
- 重要なことに関していやな感情が湧いていると気づき、いい感情が湧く方法を見つけたいとき
- 望まないことが起きて、同じことが二度と起こらないように引き寄せの作用点を変えたいとき
- 安心感を得たいとき

感情の現在地点

このプロセスは《感情の現在地点》が8〜17の範囲にあるときに特に効果があります（〝感情の現在地点〟がわからなければ、第22章〝感情のスケール〟の22項目に目を通してください）。

感情のスケール

1. 喜び／気づき／力があるという感覚／自由／愛／感謝
2. 情熱
3. 熱意／意欲／幸福
4. 前向きな期待／信念
5. 楽観的な姿勢
6. 希望
7. 満足
8. 退屈
9. 悲観的な姿勢
10. 不満／苛立ち／焦り
11. 打ちのめされている状態
12. 失望
13. 疑い
14. 心配
15. 非難
16. 落胆
17. 怒り
18. 復讐心
19. 嫌悪／憤り
20. 嫉妬
21. 不安／罪悪感／自信喪失
22. 恐れ／悲しみ／うつ状態／絶望／無力感

現実を前にして、願望の受け取りを許可しない波動のパターンに留まるような思考に行き着くことがあります。このような思考はその人のためになりませんが、多くの人が「でも、それが真実だ」と弁解します。

何かが現実化する理由はただ1つ、そうなるように誰かが十分な関心を向けたからです。ですが、誰かが自分の真実を創造できたとしても、その真実と、あなたやあなたが創造するものに関係があるとはかぎりません。

「でも、無視することはできません。それは真実なんです！」と言う人がいます。

それは誰かが関心を向けたから真実になったにすぎません。

思考パターンの中には、あなたにとって有益なものもあれば、そうでないものもあります。このプロセスによって思考を気分のいいものに変え、よりよい引き寄せの作用点に移行する練習ができます。

ひどくいやな感情が湧く出来事があったり、明晰さを高めたいとき、このプロセスに15～20分かけるとよいでしょう。

強い悪感情は、あるものに関してあなたが放つ〝エネルギー〟を変えるいい機会です。悪感情が湧くのは、あなたのこれまでの経験によって、その対象に焦点が絞り込まれてしまったためです。その場で〝「いい気分」の思考に変える〟のプロセスを実施すれば、状況の改善をよりはっきりと感じられるはずです。このプロセスは望まないものを敏感に察知した瞬間に使うといいでしょう。

このプロセスでは願望と一致する短文を作ります。願望と一致する表現が見つかれば、解放感が湧くはずです。その一文に慰められ、気分が少しましになるでしょう。しばしの間、そこに焦点を合わせていられるなら、また、その表現をふくらませたり誇張したりできるなら、あるいはそれに関して何か思い出したなら、そこに最低17秒間は留まり、そこに別の思考が加わるのを許可します。すると、その短文はあなたが新たに抱いた信念にはずみを与えてくれます。

“車輪”に書き込んで、同調すべき思考に気づく

このプロセスは次のように始めます。

紙の中央に直径5センチほどの円を描きます。その外側に大きな円を描きます。これが車輪です。椅子の背にもたれ、小さい円を見て、そこに目の焦点が合うのを感じます。

次にしばらく目を閉じて、いやな感情が湧いた出来事に関心を向けます。あなたが望まないものを正確に特定します。ここで、「私が望まないものははっきりしている。私が望むものは何だろう？」と考えます。

望まないものと望むものを、それぞれについてどう感じたいかを考えながら特定するとやりやすいでしょう。

例を挙げます。

私は太っていると感じていて、痩せていると感じたい。
私は貧乏だと感じていて、豊かだと感じたい。
私は愛されていないと感じていて、愛されていると感じたい。
私は体調が悪いと感じていて、健康だと感じたい。

次に大きい円の周囲に、願望と一致する短文を書き入れます。願望と近いものが見つかれば気づくはずです。短文が願望と一致していないせいで車輪にはじかれるか、それとも願望に近いので車輪に乗り続けていられるかは感覚でわかります。

このプロセスの効果は、意図的に選んだ短文を使うことで生まれます。あなたがすでにそうだと信じている願望と一致する表現を選んでください。

また、短文を作るときは、具体的な表現よりも漠然とした表現のほうが純粋な思考を浮かべやすいものです。

あなたは最終的に「私の膝は調子がいい」と宣言することを目指すとします。しかし、仮にそこをスタート地点として、最初から「私の膝は調子がいい」と書くと、〝エネルギー〟が同調していないのが感覚でわかります。なぜなら、この表現は不足を感じさせ、膝が痛むという意識を悪化させるからです。具体的すぎるのです。

いろいろな文を検討しながら別の表現を選ぶこともできます。「私の身体は思考に反応する」という文について考えてみましょう。これは穏やかで、あなたはすでにそう信じていますが、自分に少し腹が立ちます。つまり、これもスタート地点としてふさわしくありません。次に「私の身体はおおむね調子がいい」という文を思いつきます。これは問題ないと感じるはずです。大きい円の外側に書き入れて、意識を集中すると気分がよくなるでしょう。

では、別の文を考えましょう。

たとえば、「宇宙は私たちの波動と一致していると信じる」はどうでしょうか。あなたがそう信じているなら、車輪にはじき飛ばされることはありません。だんだん気分がよくなるでしょう。少し解放感が湧いて、自分にそれほど腹も立ちません。このとき、あなたの波動は上がります。

このプロセスをさらに進めましょう。

気分のよくなる表現を見つけたら、大きい円の外側にどんどん書き込んでください。時計の12時の位置から始め、1時、2時と続け、12の短文を作ります。

あなたの思考はすでに何らかの流れに乗っていて、思考を変えたくてもどこから手をつければいいかわからないかもしれません。このプロセスは、あなたの現在地点に近い思考を見つけられるように助け、そこから徐々に求める感覚へと移行できます。

たとえばあなたが太っていると感じているとしましょう。その感覚が意識に上る出来事を経験して、この瞬間に強い悪感情を味わっています。紙の中央に円を描き、円の内側に「痩せていると感じたい」と書きましょう。

目の前のテーマに意識を集中し、あなたが求める感じ方と一致する思考、考えると気分のよくなる思考を探します。

「私はまた痩せられる」⬇信念からかけ離れていて、信じたくても信じられません。感覚でそうとわかります。

「私の姉は痩せていて美しい」⬇これも気分がよくありません。姉の幸運を際立たせ、あなたの失敗を強く感じさせてしまいます。

「自分に効果のある方法を探す」⬇先の2例よりはましですが、まだ気分はよくなりません。あなたはいくつもの方法を試した結果、効果のある方法は見つからないと思っています。それで過去の失敗が際立ちます。

「少し前まで今の私と同じだったのに、効果のある方法を見つけられた人がいる」⬇解放感は湧くかもしれません。気分は少しよくなります。今は究極の解決策を探しているわけではなく、気分のいい思考を探しているのです。この文を円の12時の位置に書き入れて、もっと気分のよくなる表現を探しましょう。

「今日中にこれを全部する必要はない」⬇気分はよくなります。1時の位置に書き込みましょう。

「持っている服を着ても気分がよくない」⬇気分はよくなりません。

「新しい服を買ったら楽しいだろう」⬇いい気分です。2時の位置に書き込みましょう。

「私の身体は元気になるだろう」⬇いい気分です。3時の位置に書き込みましょう。

「私はもっと活力を感じるだろう」⬇いい気分です。4時の位置に書き込みましょう。

「新しいアイディアが浮かぶだろう」⬇流れに乗っています。5時の位置に書き込みましょう。

「私は役に立つことをすでにいくつか知っている」⬇いい気分です。6時の位置に書き込みましょう。

「私は自分の経験をコントロールするのが好きだ」⬇いい気分です。7時の位置に書き込みましょう。

「私は変化が起きるのを楽しみにしている」⬇いい気分です。8時の位置に書き込みましょう。

「私はいい気分でいるのが好きだ」⬇いい気分です。9時の位置に書き込みましょう。

「私は自分の体調がいいことが気に入っている」⬇いい気分です。10時の位置に書き込みましょう。

「私は自分の身体のことで気分がいい」⬇まさにそのとおりです。

この文を11時の位置に書き込んだら、最初に〝車輪〟の中央に書いた言葉を丸で囲んで強調し、その思考との波動の同調を強く感じることに気づいてください。ほんの数分前まで、あなたはその波動から離れた場所にいたはずです。

エイブラハム、このプロセスについてもっと教えてください

あなたの力の作用点は現在にある、と私たちは言いました。**あなたが過去のことを考えていようと、現在のことを考えていようと、未来のことを考えていようと、考えているのは今です。今、波動を放っているのです。**つまり、あなたが〝生命力〟を呼び集めてから、それがあなたの中を流れるまでの間に味わう、創造にともなう緊張感は、すべて今、ここ

で生じているのです。

これから数日、意識を集中させてほしい言葉があります。あなたは新しい場所に立っています。この新しい場所にどのように立ち、新しい〝エネルギー〟を新しい願望とどのように同調させ、新しい結果をどうしたら楽にもたらせるかを示しましょう。

〝「いい気分」の思考に変える〟プロセスは、信念と願望を一致させるためのものであり、私たちが見つけた最高の手段です。たとえば、税金の申告書を楽しく作成するといったことであっても、**何かを創造するための原則は、願望を特定し、波動をその願望と一致させることです。**

では、いい気分になれる表現を見つけましょう。

たとえば、「私は税金の申告書を作成する作業を楽しんでいる」と書いてもはじき飛ばされます。「政府が私の金を徴収して、無駄なことに浪費するのは素晴らしいことだと思う」もだめです。「私が今感じているように感じたことのある人は大勢いて、彼らは現在うまくやっているはずだ」は使えます。

何度も言いますが、表現がふさわしいかどうかは感覚でわかります。いろいろと試してみてください。

――気分がよければ、状況はよくなる――

さて、問題はまだ解決していません。これから税金の計算をしなければなりません。それでもあなたは今、以前とは違う場所にいます。以前よりも楽に明晰な思考がもたらされ、記憶がよみがえるはずです。何をどこに置いたか、以前よりも楽に思い出せるはずです。積んであったり、箱やフォルダーにしまってある細々としたもの、いわばあちこちに散乱している情報の断片が頭の中でまとまっています。〝エネルギー〟を願望と同調させようとしなかった頃にはなかった方法で、あなたの〝内なる精神〟が絶えず情報を送ってくるようになるでしょう。

大きな城であろうと小さなボタンであろうと、関心を向ければ〝生命力〟を呼び集めます。**人生とは、この〝生命力〟を感じることです。**何のために〝生命力〟を呼び集めるのかは重要ではありません。ですから船旅の計画を楽しむように税金の計算を楽しむことも可能なのです。

信じられないとしたら、それはあなたの中を、関心を向けている対象に向けて〝エネルギー〟が抵抗なく流れるように許可していないからです。あなたの中へと〝エネルギー〟

を流しながら、その流れを妨げようとすると、〝エネルギー〟があなたを打ちのめします。

このプロセスは、気分のいいことを意図的に考えさせて、特定の関心事にいつもより長く注意を向けることになるので、引き寄せの作用点は変化します。このプロセスを応用すれば、どんな引き寄せの作用点も上手に改善できるようになるでしょう。

プロセス18
感覚の湧く場所を見つける

いつ使うか

- 状況を改善したいとき
- もっとお金が欲しいとき
- もっといい仕事に就きたいとき
- もっと幸せな関係を築きたいとき
- もっと健康になりたいとき

感情の現在地点

このプロセスは《感情の現在地点》が9～17の範囲にあるときに特に効果があります（〝感情の現在地点〟がわからなければ、第22章〝感情のスケール〟の22項目に目を通してください）。

感情のスケール

1. 喜び／気づき／力があるという感覚／自由／愛　感謝
2. 情熱
3. 熱意　意欲／幸福
4. 前向きな期待／信念
5. 楽観的な姿勢
6. 希望
7. 満足
8. 退屈
9. 悲観的な姿勢
10. 不満／苛立ち／焦り
11. 打ちのめされている状態
12. 失望
13. 疑い
14. 心配
15. 非難
16. 落胆
17. 怒り
18. 復讐心
19. 嫌悪／憤り
20. 嫉妬
21. 不安／罪悪感／自信喪失
22. 恐れ／悲しみ／うつ状態／絶望／無力感

人は普段、たった今経験していることに関心を向けており、願望や想像よりも今経験していることに波動の比重をかけています。現在の体重が肥満気味で、痩せたいと望んでいるとしたら、思い描いている状態よりも今現在経験していることの波動のほうが比重が大きいはずです。

人はよく、「私はここにいても幸せではない。あちらに行きたい」と言います。でも、彼らが行きたがるあちらに何があるのか尋ねると、たいていはここにいることの何がよくないかを説明するだけです。「あちらに行きたい」「あちらにあるものが欲しい」などと言いますが、彼らの波動の比重は行きたい場所よりも今いる場所にかかっているのです。

〝感覚の湧く場所を見つける〟プロセスは、自分にとって有益な波動を放つのに役立ちます。また、あなたが何を引き寄せているかに気づくのを助けてくれます。

願望が実現した状況がどんな感じかに意識を向けている間は、望むものがない状態の感覚は味わえませんから、練習するうちに、願望が実現していなくてもすでに実現したかのような波動を放てるようになります。そうすれば願望は必ず実現します。

繰り返しますが、**実際に今、経験しているから波動を放っているのか、その経験をしている自分を想像しているから波動を放っているのかを〝宇宙〟は知りません。**いずれにしても〝宇宙〟はその波動に応え、現実化します。

たとえば、郵便受けに督促状が届いたとします。どうやってもお金を工面できそうにありません。支払い期限は過ぎており、請求書は他にもあって、「もっとお金が欲しい」と言ってみても、言葉は引き寄せの作用点に影響しません。あなたが放つ波動こそが引き寄せの作用点であり、今はお金がないことと一致する感情の波動を放っているからです。

このプロセスでは、お金が流れ込むのを許可する波動を放つようなイメージを浮かべます。気分がよくなるイメージを描き、**お金がないとどう感じるかではなく、お金が十分にあるとどう感じられるかを見つけるのです。**

もっとお金があった頃、あるいは支払いに困らなかった頃のことを思い出せるでしょうか。そのときの感覚をしっかりと味わうために、できるだけ詳しく思い出しましょう。

使えるお金が捨てるほどあって、保管場所に困り、大金がベッドの下に置いてあると想像します。硬貨を貯めたバケツを持って銀行に行き、紙幣に交換してもらう様子を思い描きます。あるいは小額紙幣をまとめて持っていき、場所を取らない高額紙幣に両替してもらう様子を想像します。

限度額のないクレジットカードで無理なく支払うイメージを浮かべるのもよいでしょう。魔法のカードのように毎日何回も使います。そして月に1度、一括で支払います。銀行には今月のカードの請求額を超える貯金があるので、簡単に支払えるのです。

そういった想像を何度も繰り返すうちに上達し、次第に楽しくなるでしょう。お金があるふりをしたり、よかった頃を思い出したりすることで新しい波動が生まれて、引き寄せの作用点が移行するのです。

プロセス19

お金の流れをよくする

いつ使うか

■借金のない解放感を味わいたいとき
■収入と支出の差を広げたいとき
■お金に関していい気分になりたいとき
■人生のあらゆる場面でお金の流れを増やしたいとき

感情の現在地点

このプロセスは《感情の現在地点》が10～22の範囲にあるときに特に効果があります
（〝感情の現在地点〟がわからなければ、第22章〝感情のスケール〟の22項目に目を通してください）。

感情のスケール

1. 喜び／気づき／力があるという感覚／自由／愛／感謝
2. 情熱
3. 熱意／意欲／幸福
4. 前向きな期待／信念
5. 楽観的な姿勢
6. 希望
7. 満足
8. 退屈
9. 悲観的な姿勢
10. 不満／苛立ち／焦り
11. 打ちのめされている状態
12. 失望
13. 疑い
14. 心配
15. 非難
16. 落胆
17. 怒り
18. 復讐心
19. 嫌悪／憤り
20. 嫉妬
21. 不安／罪悪感／自信喪失
22. 恐れ／悲しみ／うつ状態／絶望／無力感

月々の全支出項目を書き込めるほどの表があるノートを用意します。左端の最上段に毎月の支払い金額が最大となる項目を記入します。たとえば、家賃が最大なら「家賃」と書きます。2段目に家賃の金額を記入します。毎月支払う金額という意味で、この数字を丸で囲みます。
その後、2番目に支払い額の大きい項目を2列目に、3番目に支払い額の大きい項目を3列目にと、順に記入していきます。そして、上の余白に次の言葉を書き入れます。

「以下の支払い義務を守ることが私の願いであり、項目によっては必要額の倍の金額を支払えます」

請求書が届くたびにノートを取り出し、その月に最低限必要となる金額を書き換えます。金額に変更がなければ、同額を記入します。

右端の項目（毎月の支払いが最低額の項目）の支払い時期が来たら、そこには請求額の倍の金額を記入します。

最初のうちは奇妙に感じるかもしれませんが、他の項目を支払うお金がなくても、右端の項目の支払いは倍にします。そして、すべての項目を支払うために手を尽くし、たとえ一部の項目でも倍の金額を支払う約束を守れたことを喜びます。

新しい見方で収支の状況を眺めることになるので、ただちに波動が変わり始めます。支払い額を倍にするという約束を守ることで少しでも自信を持てたら、波動は変化します。**たとえ少しでも波動が変われば、お金をめぐる状況が変化し始めます。**

支払い額を全部記入し、そこに焦点を合わせることでお金に関する状況を好転させ始めます。郵便受けにまた請求書が届いても落胆することはなくなり、請求金額をノートに記入しようという意欲が湧くでしょう。

波動と態度が変化することで、お金をめぐる状況が変化し始めます。すると、思いがけないお金を手にするようになります。お買い得品が目の前に現れ、予定していた以上に買えるようになります。他にもお金に関してありえない出来事が起こり始めるので、そのときは波動が変化した結果だと気づいてください。

お金をめぐる幸福の感覚は、このプロセスを始めたその日から改善するでしょう。**真剣に取り組めば、お金に関する波動は大きく変化します。**

エイブラハム、このプロセスについてもっと教えてください

金銭的な豊かさのよい流れを生むとはどういうことでしょうか？　お金があなたの中を楽に流れる様子を上手に思い描けるようになるとは、またお金を使ってより多くの人に機会を与えるとはどういうことでしょうか？　お金を経済の流れに還元して、より多くの人に職を与えること以上によいお金の使い方とはどういうものでしょうか？

お金は使えば使うほど多くの人に利益が行き渡り、より多くの人がゲームに参加してあ

なたとつながれます。あなたの本来の役割は〝エネルギー〟を活用することです。この〝宇宙〟では、願望が容易に生まれる環境に身を置きながら、願望に〝エネルギー〟を送るのを許可しないことほど無駄なことはありません。それこそ、まさに人生の浪費です。仕事に貴賤はありません。焦点を定める機会があるだけです。どんな仕事でも、やりがいと満足感は得られます。何を仕事にするにせよ、あなたは〝思考の先端〟におり、〝ソース〟があなたの中を流れているのです。〝エネルギー〟が流れるのを許すと決意すれば、どんな仕事であれ楽しめます。この物質世界に関するあらゆるものはスピリチュアルです。そのすべてがスピリットの最終形態です。〝スピリチュアルなあなた〟になり、物質世界の達人になったつもりで創造してください。

――あなたが貧しくなっても、貧しい人が豊かになるわけではない――

「私は長年健康に生きてきたから、他の人が健康になれるように私が病気になることにした」などと言う人はいません。あなたの健康は、他の人の健康とは無関係です。

豊かさも同じです。豊かな人は、その豊かさを人から奪ったわけではありません。あなたが貧しくなっても、貧しい人が豊かになるわけではありません。あなたが豊かになって初めて、人に何かを提供できるのです。人の役に立ちたければ、できるかぎり人に活用してもらい、興味を示してもらえる存在になることです。

幸福の実例を見せてくれる人に感謝しましょう。身近に成功例がなければ、成功に手が届くとわからないからです。**お金は幸福の本質ではありませんが、悪の本質でもありません。お金は誰かが〝エネルギー〟を流した結果です。**お金が欲しくなければ引き寄せなければいいのです。ですが、お金のある人を批判すれば、健康、明晰な思考力、〝無上の幸福〟など、あなたが求めるものも訪れないでしょう。

お金のことを考えると落ち着かなくなるなら、お金への強い願望があるということです。つまり、お金が重要なのです。だとしたら、お金のことを考えて気分がよくなる方法を見つけるべきです。お金を引き寄せるためにお金のことを考える必要はありません。ただし、お金がないことについて考えてもお金を引き寄せることはできません。

――成功とは欲しいものを手に入れることではない――

あなたが他人の成功を見て心から喜び、たたえているのを眺めるのは、私たちにとってうれしいものです。それを見れば、あなたが正しい方向に進んでいるとわかるからです。

多くの人が成功とは欲しいものをすべて手に入れることだと考えています。私たちに言わせれば、それは死を意味しますが、実際にはそのような死はありません。成功とは何かをやり遂げることではありません。人生における成功の基準はお金でも物でもなく、あなたが味わう喜びの量です。**成功とはいつまでも夢を持ち続け、夢の実現に際していい気分を味わうことです。**

あなたはこう言うことができます。

「成功している人、お金持ちだったり、幸せな人だったりに目を向けると、お金持ちで、なおかつ幸せでもある場合があります。私にとって成功している人とは、本当に幸せな人、楽しそうで、日々を前向きに過ごすことに意欲的な人です。彼らはほぼ例外なく、最初はかなり苦労しています。そのため、もともとはかなり反抗的でしたが、その後、肩の力を抜いて〝無上の幸福〟という生来の権利を受け入れる方法を見つけたのです」

――豊かさは獲得するものではなく、許可するもの――

あなたの行動は豊かさとはまったく関係ありません！　豊かさは、あなたの波動に応えられたものです。もちろん、あなたが何を信じるかも波動に含まれるので、行動も豊かさをもたらす1つの要素だと信じているなら、あなたはそのことを解明しないといけません。あなたの辞書から「獲得する」という言葉をなくし、代わりに「許可する」という言葉を使ってください。**〝無上の幸福〟は許可するものであって、獲得するものではありません。**

あなたは何を経験したいかを決め、それを受け取るには許可すればいいのです。それは苦労して手に入れるものではありません。

あなたが求めたり、必要としたりする資源は、すべてあなたの手の届くところにあります。あなたはそれを使って何をしたいかを明らかにし、それが実現したときの感覚を感じる練習をすればよいのです。あなた自身の矛盾する思考以外にあなたを留めるものは何もありません。人生は楽しいものであるはずです。いい気分のものであるはずです！　あなたは力強い創造者であり、予定どおりに前に進んでいるのですから。

プロセス20
宇宙にまかせる

いつ使うか

- やることが多すぎると感じているとき
- 楽しいことをする時間がもっと欲しいとき
- 強い創造者となるために生まれてきたのだから、そうなりたいとき

感情の現在地点

このプロセスは《感情の現在地点》が10～17の範囲にあるときに特に効果があります
（〝感情の現在地点〟がわからなければ、第22章〝感情のスケール〟の22項目に目を通してください）。

感情のスケール

1. 喜び／気づき／力があるという感覚 自由／愛／感謝
2. 情熱
3. 熱意／意欲／幸福
4. 前向きな期待／信念
5. 楽観的な姿勢
6. 希望
7. 満足
8. 退屈
9. 悲観的な姿勢
10. 不満／苛立ち／焦り
11. 打ちのめされている状態
12. 失望
13. 疑い
14. 心配
15. 非難
16. 落胆
17. 怒り
18. 復讐心
19. 嫌悪／憤り
20. 嫉妬
21. 不安／罪悪感／自信喪失
22. 恐れ／悲しみ／うつ状態／絶望／無力感

あなたは大企業を経営していて、あなたの下で何千人もの社員が働いていると想像してください。製品の製造と販売を助ける人々がいて、経理担当、会計士、顧問がいます。デザイナーや広告のプロがいます。大勢の人が会社を成功させるために働いています。

さて、あなたはこれらの人々と個人的な関わりを持たず、あなたに代わって仕事をするマネージャーを雇っており、その人が社員のことを理解し、社員に助言し、指示していると想像してください。あなたが名案を思いつくと、マネージャーに伝えます。すると、「ただちに対処します」という答えとともに、てきぱきと効率よく仕事を進めます。すべては期待どおりです。

あなたは、「そんなふうに働いてくれるマネージャーがいたらうれしい。頼りになって、私に尽くしてくれる人が」とつぶやくかもしれません。ただし、あなたには現にもっとよく働くマネージャーがいます。〝引き寄せの法則〟という、あなたのために休みなく働いてくれるマネージャーです。あなたはこの〝宇宙のマネージャー〟に要求を聞いてほしいと頼めばいいのです。

ですが、たいていの人は、せっかく有能なマネージャーがいても、自分一人で責任を抱え込んでいます。あなたは「確かに〝引き寄せの法則〟は働いているが、仕事は全部自分でやるしかない」と言います。

だとしたら〝引き寄せの法則〟は何の役に立つのでしょう？　「何か仕事はありますか？」と聞くしか能がないマネージャーを高給で雇っているようなものです。そして、あなたはコンピュータを使う仕事も建設の仕事も、あれもこれも一人でこなすのです。

本当はそんなことはしたくないでしょう？　マネージャーにまかせたいはずです。そして、受け取れると期待しているものを要求したいはずです。〝引き寄せの法則〟は、このように扱うべきです。結果を期待して要求するのです。

このように仕事をまかせるとき、あなたは〝意図的な創造〟に求められる２つのことをしています。願望の対象を見定め、〝宇宙〟がそれをもたらすことを許可しているのです。**目標を設定することは、〝宇宙のマネージャー〟に仕事をまかせるようなものです。**許可することは、一歩下がってマネージャーが物事を調整してくれると信頼し、あなたが何か要求したらマネージャーがあなたの関心をそこに向けさせてくれると信じることです。

あなたは人生を人まかせにしているわけではありません。人生を創造しているのです。あなたは「行動する人」ではなく、創造する態勢をととのえた「空想家」です。ですが、あなたにはやりたいことがまだたくさんあるはずです。私たちはあなたを行動から遠ざけるつもりはありません。この〝宇宙〟で自分と波動が一致する願望を持ち、〝ソースエネルギー〟とつながって同調した状態で行動するより楽しいことはないからです。

プロセス21

健康を取り戻す

いつ使うか

- 気分がよくないとき
- 病院で受けた診断に動揺したとき
- 身体に痛みがあるとき
- もっと活力を感じたいとき
- 健康に漠然とした不安があるとき

感情の現在地点

このプロセスは《感情の現在地点》が10〜22の範囲にあるときに特に効果があります（〝感情の現在地点〟がわからなければ、第22章〝感情のスケール〟の22項目に目を通してください）。

感情のスケール

1. 喜び／気づき／力があるという感覚／自由／愛／感謝
2. 情熱
3. 熱意／意欲／幸福
4. 前向きな期待／信念
5. 楽観的な姿勢
6. 希望
7. 満足
8. 退屈
9. 悲観的な姿勢
10. 不満／苛立ち／焦り
11. 打ちのめされている状態
12. 失望
13. 疑い
14. 心配
15. 非難
16. 落胆
17. 怒り
18. 復讐心
19. 嫌悪／憤り
20. 嫉妬
21. 不安／罪悪感／自信喪失
22. 恐れ／悲しみ／うつ状態／絶望／無力感

このプロセスは、快適な場所に横になって行います。15分ほど誰にも邪魔されない時間帯を選んでください。見やすい場所に次の文章を書き写し、横になったまま、ゆっくりと読み上げます。

●私の身体が健康であることは自然なことだ。
●私は健康になるためにどうすればいいかわからないが、身体は知っている。
●私の体内には個々に〝意識〟を持つ無数の細胞があり、それぞれがバランスを保つ方法を知っている。
●この症状が始まったとき、私は今知っていることを知らなかった。
●今知っていることをそのとき知っていたら、この症状は始まらなかっただろう。
●この病気の原因を理解する必要はない。
●この病気を患っていて、どういう気分かを説明する必要はない。
●いずれこの病気をそっと手放せばよい。
●病気になったことは重要ではない。なぜなら、身体は今すぐ元の健康状態に戻り始めるからだ。
●私の身体が〝無上の幸福〟と同調し始めるのに時間がかかるのは当然だ。
●いずれも急ぐことではない。
●私の身体はどうすればいいかを知っている。
●〝無上の幸福〟は私にとって自然だ。

- 私の〝内なる存在〟は私の身体に気づいている。
- 私の細胞は豊かになるために必要なものを求めていて、〝ソースエネルギー〟がその要求に応えている。
- 私は信頼できる存在にすべてをまかせている。
- 私は今から、身体と〝ソース〟がつながることができるようにリラックスする。
- 私はリラックスして呼吸すればいい。
- 私は楽にそれができる。

では、横になったままで、マットレスの心地よさを味わい、呼吸に意識を向けてください。できるだけ身体を楽にしましょう。そのまま深く呼吸します。無理はしないで。リラックスして呼吸するだけでよいのです。

体内の優しく穏やかな感覚を感じ始めるはずです。それは、〝ソースエネルギー〟があなたの細胞の要求に応えているのだと、笑顔で認めてください。あなたが今、感じているのは癒やしのプロセスです。それを無理に強めようとしないでください。

横になると痛む場合も、同じプロセスに従ってください。ですが、その場合はリストに以下の項目を追加するといいでしょう。

- この痛みは細胞が〝エネルギー〟を要求し、〝ソース〟がそれに応じていることを示す。
- この痛みは助けが向かっていることを示す。
- この痛みは症状の改善を示しているので、私はリラックスして痛みを感じる。

できれば、そのまま眠ってください。〝すべてうまくいく〟と知って、ほほえみましょう。呼吸し、身体を楽にして信じましょう。

エイブラハム、このプロセスについてもっと教えてください

途中で不快になったらすぐにやめて、「今、味わっているこの不快感は、私が抵抗に気づいたことを示しているにすぎない。今はただ、リラックスして呼吸しよう」と言います。すぐに心地よさが戻ってくるはずです。

身体の全細胞は〝創造の生命力〟と直接つながっており、それぞれの細胞が個々に反応しています。**喜びを感じれば、すべての回路が開いて〝生命力〟を十分に受け取れます。**罪悪感、非難、怒りを感じると回路が妨げられて、〝生命力〟はうまく流れません。物質

世界での経験とは、この回路を監視して、できるだけ開いた状態を保つことです。細胞はどうすればいいか知っています。細胞は〝エネルギー〟を呼び集めています。好転させられない状況などありません。人間社会には制限する思考がいくらでもあり、不治の病や変えようのない状況と言われるものは、変えられないかのように思われますが、「変えられない」のは、あなたがそう信じているからです。

最近、「身体の治癒力に限界はありますか？」という質問を受けました。

いいえ、あなたの信念に限界があるだけです。

その人はまた聞きました。

「それなら人はなぜ手足を再生できないのですか？」

できないと誰もが信じているからです。

――病気の本当の原因とは――

あなたが健康になることは自然です。豊かになることは自然です。気分がよくなることは自然です。明晰さを感じることは自然です。困惑したり、足りていなかったり、非難を感じたりするのは自然ではありません。しかし、道を進む途中で大方の人が身につける人間特有のパターンとして〝自然に見える〟だけなのです。
感情的な痛みであれ身体の痛みであれ、身体が不調なとき、それは常に次のことを意味します。

「私には願望があり、それが〝エネルギー〟を呼び集めている。だが、それを許可しない信念があって、体内に抵抗を生んでいる」

不快感や苦痛を手放すには、リラックスして解放感に手を伸ばしましょう。
次のような質問を受けることがあります。

「病気に原因がないなら、どうしてこんなにも病人がいるのですか?」

それは人が、健康と一致しない状態に自分の波動を留めておく言い訳をたくさん見つけているからです。彼らは健康を招き入れようとしないのです。〝無上の幸福〟を招き入れないと、〝無上の幸福〟が欠けた状態が病気に見えます。かなりの数の人間がそのような態度をとると、人は「病気の原因が何かあるに違いない。名前をつけよう。がんと呼ぼう。ありとあらゆる恐ろしい病名をつけて、それが人々の人生に飛び込んできたことにしよう」と言うのです。病気は人の人生に飛び込んできたりしません。試行錯誤によって、あるいは社会でもまれて、〝無上の幸福〟を招き入れない思考パターンを人が身につけただけのことです。

〝無上の幸福〟を招き入れないと、それは人生の影の部分に現れ、それが身体の病気となり、あなたから望むものを奪います。やがてあなたは、それはどこかに原因のある現実だと考えるようになるでしょう。そして、そもそも存在しない「悪の源泉」から身を守る情報を集めようとするのです。

――不安になる診断を受けたら、身体のことを考えるのはやめる――

聞きたくない診断を受けたら、こう言いたくなるかもしれません。

「なんてことだ。私が強く望んでいる状態から、どうしてこんなにかけ離れてしまったのか？」

それは大したことではありません。「私は気分のいい思考を選ぶことも、気分の悪い思考を選ぶこともできるのに、気分の悪い思考パターンを身につけてしまった。だから望むものを受け取る態勢にない時間が毎日あり、受け取る態勢から締め出されている」ということです。

健康を許可しているか拒絶しているかは、その人の物の見方、気分、態度、あるいは何を考えるかによって決まります。何度でも修正できるので、人間でも動物でも例外なく、自然な心のリズムに戻る方法は見つかります。**身体の世話をするとは、本当は心の世話をすることです**。すべては心に起因します。例外はありません。

〝無上の幸福〟へと方向転換できないものはありません。ただし、「気分のよくなることに思考を向ける」と決意しなければなりません。ここで大胆な発言をしましょう。病気から注意をそらすことができ、別の波動が優勢になれば、どんな病気もやがて治ります。治癒にかかる時間は、状況がどれだけ混乱しているかによります。身体のあらゆる不調は長い時間をかけて生じており、それよりは短い時間で治ります。

身体の痛みは、感情の痛みの延長です。どちらも同じものです。感情には気分のいい感情と気分の悪い感情があります。つまり、あなたは〝エネルギーの流れ〟とつながっているか、〝エネルギーの流れ〟を許可していないかのいずれかです。〝エネルギーの流れ〟に抵抗がなくなれば病気や痛みは解消されます。

身体を望みどおりにするには、身体について具体的に前向きなことを考えないといけないのでしょうか？　そんなことはありません。ですが、後ろ向きなことは考えないようにしてください。身体のことを考えるのをやめて、代わりに心地いいことを考えれば、身体は自然の健康状態を取り戻します。

内に生命力を呼び込む願望を抱いているかぎり、あなたは快適で楽しく、快活で健康な生活を送れるのです。

――死がもたらされるときとは――

あなたは自分にとって最高の状態の身体に到達することができるし、そのような身体に焦点を定めているかぎり、その状態を保つことができます。

では、健康以外の問題では最高の状態を保てないのはなぜでしょうか？　大半の人は周囲を眺めて、目に映るものに反応して波動を放っているからです。それについてはどんな解決策があるでしょうか？　周囲ばかり見ていないで、もっと想像することです。あなたの描くイメージの波動が、しっくりくるまで想像するのです。

あなたが純粋で抵抗のない願望を絶えず生み続けるように許可すれば、あなたはこの身体に永遠に留まっていられます。あなたはエネルギーを開放して欲しいものを探し続け、それらの願望があなたに〝生命力〟を流し続けます。つまり、あなたは賑やかに、楽しく、気ままに、情熱的に生きていけます。そして、その同じ身体に留まったまま、別の場所に移ると決意するのです。それが死の本質です。

〝見えない世界（非物質世界）〟に移るのは、物質世界が惨めだからではありません。物質世界で達成感を味わい尽くしたからこそ、別の場所を探すのです。死とは〝意識〟のある状態からの離脱です。それは注意をここからあちらに向けるのに似ています。

あらゆる死は、〝存在〟の波動が頂点に達することでもたらされます。自身の中での波動の一致なくして〝見えない世界〟に移行することはありません。つまり、すべての死は自分で課しているものなのです。

あなたに有益なルールがあります。よいと信じて何かをすれば、それはあなたのためになります。悪いと信じて何かをすれば、それは有害な経験となります。不適切だと思う行動をとることほど自分に害のあることはありません。ですから、冴えた頭で楽しみながら選択しましょう。波動の矛盾の大半は、あなた自身の矛盾によって生じているにすぎないからです。

プロセス22
感情のスケールを上る

いつ使うか

- 気分が悪く、気分をよくするのに苦労しているとき
- あなたの身に何かが起きた、あるいはあなたに近い人に予想外のことが起きた（誰かが亡くなった、恋人が去っていった、愛犬が事故にあったなど）とき
- 大変な状況に対処しなければならないとき
- 重病と診断されたとき
- 大切な人が重病と診断されたとき
- あなたの子ども、あるいは親しい人がトラウマや苦難を経験しているとき

感情の現在地点

このプロセスは《感情の現在地点》が17～22の範囲にあるときに特に効果があります
（〝感情の現在地点〟がわからなければ、第22章〝感情のスケール〟の22項目に目を通してください）。

感情のスケール

1. 喜び／気づき／力があるという感覚／自由／愛／感謝
2. 情熱
3. 熱意／意欲／幸福
4. 前向きな期待／信念
5. 楽観的な姿勢
6. 希望
7. 満足
8. 退屈
9. 悲観的な姿勢
10. 不満／苛立ち／焦り
11. 打ちのめされている状態
12. 失望
13. 疑い
14. 心配
15. 非難
16. 落胆
17. 怒り
18. 復讐心
19. 嫌悪／憤り
20. 嫉妬
21. 不安／罪悪感／自信喪失
22. 恐れ／悲しみ／うつ状態／絶望／無力感

多彩な人生は、あなたが願望を特定するのに役に立ってきました。そして、〝ソース〟はあなたが黙っていてもその願望を聞き届け、応えてきました。さらに〝引き寄せの法則〟というマネージャーが状況、出来事、人、あらゆる物事をととのえて、願望の実現を助けてきました。つまり、求めたものが与えられたのです。あなたはそれを招き入れなければなりません。

暗闇、病気、混乱、あるいは悪の〝ソース〟など存在しないということを思い出してください。〝無上の幸福の流れ〟があるだけで、それはいつでもあなたへと流れています。抵抗しないかぎり、あなたはそれをもれなく受け取ることができ、その〝流れ〟をどの程度許可しているか、あるいは抵抗しているか理解するのを感情が助けてくれます。

このプロセスは、あなたが今どこにいて何を創造しているとしても、またどう感じているとしても、抵抗を小さくして、許可するのを助けてくれます。解放感があれば、抵抗を手放したことがわかります。

〝意図的な創造〟とは、意図的に感情を変えることだと理解できるように助けます。たとえば、次のようなことです。

●お金がなければ、もっとお金が欲しいと思います。しかし、あなたはお金がない状態からお金がある状態へ向かうのではなく、不安な状態から安心している状態に向かうのだと理解してください。常に安心していられる思考を実践すれば、お金はあとからついてきます。

●具合が悪いのでよくしたいとき、あなたは病気から健康へと向かうのではなく、恐れている状態から自信のある状態に向かいます。自信が湧く思考を実践すれば、体調はよくなります。

●友人がなく、友人が欲しい場合は、孤独な状態から、心がときめき満足している状態へと向かいます。心がときめく、あるいは期待の高まる思考を実践すれば、完璧な友人が現れます。

あなたが「新しい車が欲しい」と言えば、〝宇宙〟は次のように捉えます。

私は今の車に満足していない。
私は今の車が恥ずかしい。
私はもっといい車を持てずにがっかりしている。
私は近所の人が自分よりいい車に乗っているのがねたましい。
私はもっといい車を買う余裕がないのに腹が立つ。

あなたが「健康になりたい」と言えば、〝宇宙〟は次のように捉えます。

私は自分の身体が心配だ。
私は自分に失望している。
私は自分の健康が心配だ。
私は母親と同じように不運な経験をすることを恐れている。
私は自分の身体に気をつけてこなかったことに腹が立つ。

あなたや他の人が望んできたことで、実現すれば気分がいいだろうという思い以外の理由で生まれた願望はありません。現在の感情の状態を意識的に明らかにすれば、願望に近づける思考を選んでいるか、そこから遠ざかる思考を選んでいるかを容易に理解できるようになります。気分のいい状態や感情を目指せば、望むものは何でも、あとからついてくるでしょう。

改めて基本的な感情のリストを示します。もっとも抵抗の小さい感情から始まり、数字が大きくなるほど抵抗が強くなります。波動が似ている感情は同じところにまとめました。これらの感情は、〝ソースエネルギー〟を強く許可するものから強く拒むものまで幅があります。

感情を表す言葉は厳密ではありません。感覚は人それぞれだからです。ですが、〝宇宙〟は言葉に反応するわけではなく、常に感情に伴う波動に反応しています。

このプロセスでは感覚を表現する完璧な言葉を見つけるよりも、感情を味わい、感覚を改善する方法を見つけることが重要です。これは解放感を与えてくれる思考を見つけるためのプロセスです。感情のスケールは次のとおりです。

感情のスケール

1. 喜び／気づき／力があるという感覚／自由／愛／感謝
2. 情熱
3. 熱意／意欲／幸福
4. 前向きな期待／信念
5. 楽観的な姿勢
6. 希望
7. 満足
8. 退屈
9. 悲観的な姿勢
10. 不満／苛立ち／焦り
11. 打ちのめされている状態
12. 失望
13. 疑い
14. 心配
15. 非難
16. 落胆
17. 怒り
18. 復讐心
19. 嫌悪／憤り
20. 嫉妬
21. 不安／罪悪感／自信喪失
22. 恐れ／悲しみ／うつ状態／絶望／無力感

このプロセスは次のように進めます。

強い悪感情が湧いていることに気づいたら、その感情を特定します。あなたを悩ませているものが何かを意識して考え、今湧いている感情を指摘します。

このスケールの両極端の感情を吟味して、「私は力があると感じるか、それとも無力だと感じるか？」を考えます。厳密にはどちらとも言えなくても、どちらに近いかはわかるでしょう。答えが「無力感」なら、範囲を狭めて「無力感と不満のどちらを感じるか？」を考えます。まだ無力感が近いようです。さらに範囲を狭めます。「無力感と心配ではどちらか？」。こうしていくと、あなたが対処している状況について本当はどう感じているのかを正確に認識できるようになります。

自分の感情がスケールのどこにあるかがわかったら、そこからの解放感を少しでも与えてくれる思考を見つけましょう。思考を声に出して言ってみたり、紙に書いてみると、どう感じているかを判断しやすくなります。解放感を与えてくれる感情を引き出そうと意図して取り組めば、抵抗を手放せるようになり、波動の段階を上っていって気分のいい場所にたどりつけます。気分がよくなったということは抵抗を手放しており、望むものを許可する度合いが高まっているのです。

まず、今いる場所から始め、あなたがたった今、感じていると思う感情に目を向け、抵抗の小さい感情へと少しずつ導いてくれる言葉を見つけてください。

たとえば、ある女性は父親が亡くなって強い抵抗と苦痛を感じていることに気づきました。彼女の父親は少し前から重病を患い、長くないのはわかっていましたが、いざそのときが来ると、彼女は深刻な「うつ状態」に見舞われました。どうにもならない父の死に直面して、「無力感」と「悲しみ」に打ちひしがれたのです。

父親の死の直前、この女性は父親のそばをほとんど離れませんでしたが、しばらく部屋を出ていたすきに父親は昏睡状態に陥り、そのまま意識が戻りませんでした。最期の言葉を交わせなかったことで女性は深い「罪悪感」に襲われました。このとき、罪悪感が湧いたことで少し気が楽になったことには気づきませんでしたが、それは彼女にとって、重要な波動の変化でした。次に、彼女の思考は激しい「怒り」に変わりました。父親が意識を失ったときにそばにいた看護師に意識を向け、この看護師が父に強い薬を与えたことに「憤り」を覚えました（それは患者を楽にするための薬でした）。そして、父親との最期の会話の機会を奪ったことで看護師を「非難」しました。

その場では気づきませんでしたが、**罪悪感、憤り、怒り、非難の感覚は悲しみに打ちひしがれた抵抗の波動からのまぎれもない改善でした。**非難する気持ちが湧くと同時に、気分がましになったのです。少なくとも呼吸が楽になり、夜は眠れるようになりました。

もちろん、より気分のましな感情に意図的に移ることができれば、それに越したことはありません。しかし、この事例のように、意識しないまま自然に楽な感情が見つかれば、そのたびにさらにましな感情に手が届くようになります。

無力感と悲しみという息が詰まりそうな感情から、解放感を与えてくれる怒りと非難の感情に気づいたら、感情という波動のスケールをもっと速く上れるようになります。〈22悲しみ〉から〈21罪悪感〉〈18復讐心〉〈17怒り〉〈15非難〉へと波動の段階を1つ上がるのに1〜2日ずつかかるとしても、〝ソース〟とのつながり、自分は力を与えられているという感覚とのつながりを短い時間で取り戻せるでしょう。

この女性が気分をよくすることを意識して短文を作るとしたらどうなるか、例を示します。

私は父を助けるために、できることは全部したが、十分ではなかった。（悲しみ）
父がいなくなって寂しい。父が死んでしまったことに耐えられない。（悲しみ）
母をどうやって慰めよう？（絶望）
部屋を出なければ、父にさよならを言えたのに。（罪悪感）
父の死が迫っていることに気づくべきだった。（罪悪感）
昼も夜もあの場所にいたのに、さよならを言えなかった。（憤り）

父に付き添っていた看護師は、何が起きているのかよくわかっていたはずだ。（憤り）
立場を替えて、私が彼女の父親を昏睡状態に陥れたとしたら、彼女はどうするだろう？（復讐心）
彼女は大勢の人の死を看取ってきたのだから、そのときが迫っていることを教えてくれてもよかったのに。（怒り）
彼女は知っていて、私をその場にいさせたくなかったのだ。（怒り）
彼女は自分の仕事が楽になるように、父に必要以上の薬を与えたのだ。（非難）
さよならを言いたかった。（失望）
対応するべきことが多すぎて、何もしたくない。（打ちのめされている状態）
医療従事者は患者やその家族への思いやりがない。（不満）
彼らは私の気持ちよりも、酸素ボンベの片づけのことを気にかけていた。（苛立ち）
家族ともっと時間を過ごしたほうがいいだろう。（希望）
職場でいつもの調子に戻れたら気分はよくなるだろう。（前向きな期待）
いずれ気分がよくなるのはわかっている。（前向きな期待）
するべきことはたくさんあるし、やりたいこともたくさんある。（前向きな期待）
夫にはとても感謝している。いろいろと助けてくれた。（感謝）

父母のことを気遣ってくれる人々に感謝している。（感謝）
私たちは素晴らしい人生を送ってきたし、今も送っている。（感謝）（愛）
私たちは〝永遠の存在〟であり、〝死〟というものはない。（気づき）死というものはないので、父はいなくなってはいない。（気づき）
父は悲しみのない場所にいる。（気づき）
そこは素晴らしい場所だ。（喜び）
無条件の喜びと理解がある場所に父がいるとわかってうれしい。（喜び）
私は輝かしい〝地球〟での経験を素晴らしいと思う。（喜び）
素晴らしい人が私の父でよかった。（喜び）

今波動を放っている場所から遠すぎる感情には手が届きません。今味わっている感情のことで丸一日大騒ぎしたとしても、次の日には、たとえ変化はわずかでも別の感情に移るように心がけてください。今湧いている悪感情が弱ければ、短期間で感情のスケールを上ることができます。現在の悪感情が始まって間もない場合も、短期間で感情のスケールを上れます。かなり深刻な感情が湧いている、あるいは何年も前からその感情を味わっている場合は、毎日、今湧いている感情よりも一段階ましな感情を意図的に選んでいき、22日かけてスケールを上っていくこともできます。ですが、「無力感」から「力があるという感覚」まで22日かかったとしても、何年も「悲しみ」「不安」「無力感」に留まっている人々と比べれば、時間は大してかかっていることにはなりません。

より気分のいい感情に達することが目標です。このプロセスによってあなたは何年も味わってきた厄介な悪感情から解放されるはずです。知らないうちに貯め込んだ抵抗を少しずつそっと手放すうちに、人生のあらゆる厄介事が好転し始めるでしょう。

おわりに

全プロセスに気楽に取り組んでください。人は人生を深刻に捉えがちです。人生は楽しいものであるべきです。

あなたが人生を創造する姿を眺めながら、私たちはあなたへの愛と、あなたという存在のすべてに対する称賛の気持ちしか感じません。あなたは〝思考の先端〟にいる創造者であり、この環境のさまざまな状況を渡り歩いて新たな結論を導き出し、それが〝生命力〟を前面に呼び集めます。

あなたにもう一度、自分の価値を認められるようになってもらうのが私たちの願いです。あなたの人生、あなたの世界に住む人々、そして何よりもあなた自身への愛を感じてください。

ここにはあなたへの大いなる愛があります。これにて終わります。

［著者］
エスター・ヒックス、ジェリー・ヒックス（Esther Hicks, Jerry Hicks）
1986年、エイブラハムと名乗る存在からの言葉を受け取った体験を親しい知人に語り始めると、その言葉が自分たちだけでなく、問題を抱える人々の役に立つと知り、エイブラハムの教えを幸せな人生を送りたいと願う人に届けようと決意した。1989年以降、テキサス州サン・アントニオのカンファレンス・センターを拠点に全米50以上の都市でワークショップを開催し、エイブラハムの「引き寄せの法則」の教えを広めてきた。2011年、ジェリーは見えない世界に旅立ち、現在、エスターはこの世の友人たちと、見えない世界のエイブラハムとジェリーの助けを借りて、エイブラハムのワークショップを開催し続けている。著書に、『引き寄せの法則』シリーズ（SBクリエイティブ）がある。
www.abraham-hicks.com

［訳者］
秋川一穂（あきかわかずほ）
翻訳家。訳書に『求めるよりも、目覚めなさい』『エンジェル・ライフ』（いずれもダイヤモンド社）などがある。

新訳　願えば、かなうエイブラハムの教え
——引き寄せパワーを高める22の実践

2016年12月15日　第１刷発行
2017年４月19日　第３刷発行

著　者——エスター・ヒックス、ジェリー・ヒックス
訳　者——秋川一穂
発行所——ダイヤモンド社
〒150-8409　東京都渋谷区神宮前6-12-17
http://www.diamond.co.jp/
電話／03･5778･7234（編集）　03･5778･7240（販売）
装幀————浦郷和美
編集協力——野本千尋
DTP製作——伏田光宏（F's factory）
製作進行——ダイヤモンド・グラフィック社
印刷————勇進印刷（本文）・加藤文明社（カバー）
製本————ブックアート
編集担当——酒巻良江

ISBN 978-4-478-06462-7